AF840330

प्रेमचंद मंच पर

बड़े-भाईसाहब, दो बैलों की कथा,
बेटी का धन और नमक का दारोगा का नाट्य रूपांतरण

रूपांतरकार
रिंकल शर्मा

प्रभाकर प्रकाशन

ISBN: 978-93-56821-59-0

eISBN: 978-93-56821-58-3

प्रकाशक: प्रभाकर प्रकाशन
प्लॉट नं.-55, मेन मदर डेयरी रोड
पांडव नगर, ईस्ट दिल्ली-110092
फोन: 011-40395855
व्हाट्स ऐप: +91 8368220032
ई-मेल: sales@pharosbooks.in
वेबसाइट: www.prabhakarprakashan.com

प्रथम संस्करण: 2023

मुद्रक

प्रेमचंद मंच पर

रिंकल शर्मा (रूपांतरकार)

प्रेमचंद मंच पर

शुभकामना - पत्र

सूरज प्रकाश
वरिष्ठ साहित्यकार

मैं रिंकल शर्मा को पिछले कई बरसों से जानता हूँ। वे प्रतिभा की धनी हैं। कहानी लेखिका, बाल कहानीकार, ब्रॉडकास्टर, अभिनेत्री, वॉइस ओवर आर्टिस्ट, पटकथा लेखिका, कई संस्थाओं की पदाधिकारी, कुशल मंच संचालक, शॉर्ट फिल्म निर्माता, साक्षात्कारकर्ता, लेखन और नाटकों का कोई ऐसा क्षेत्र नहीं, जिसमें उसका सक्रिय दखल ना हो। बीस किताबें, दसियों नाटकों से जुड़ाव और लगभग बीस ख्यातनाम विभूतियों के साक्षात्कार।

इधर वह एक नया और अनूठा काम कर रही हैं। प्रेमचंद की कहानियों का नाट्य रूपांतरण। बहुत मुश्किल काम होता है, सौ बरस पहले लिखी गयी कहानियों का आज के संदर्भ में, इस तरह से नाट्य रूपांतरण कि कहानियों की महक, संदेश, भाषा शैली और कहानीपन सभी बरकरार रहें और आज के दर्शकों को मंचित होते देखते हुए अच्छी भी लगें।

इस परियोजना की उसकी तीसरी किताब आ रही है। मुझे बहुत खुशी है कि वह इस अनूठे और चुनौतीपूर्ण काम से जुड़ी हुई हैं। मैं उस दिन का इंतज़ार कर रहा हूँ जब इन कहानियों को मंचित होते देखूँगा।

मेरी अनंत शुभकामनाएँ।

शुभकामना-पत्र

प्रियदर्शन

सुप्रसिद्ध लेखक, समालोचक
एवं पत्रकार (NDTV)

प्रेमचंद ने कहा था, साहित्य समाज के आगे चलने वाली मशाल है। आज खुद प्रेमचंद हमारे समय और साहित्य के लिए मशाल बने हुए हैं। अपने समय के यथार्थ को जिस तरह उन्होंने पहचाना और लिखा, वह आज भी हमारा मार्गदर्शन कर सकता है। बल्कि वह यथार्थ हमारे समय में कुछ ज़्यादा वजनी हो चुका है। यह कोई बहुत अच्छी बात नहीं है। आदर्श यह होता, कि वह यथार्थ बदलता, किसानों के शोषण और दमन की कहानी बदलती। आदर्श यह होता, कि वह जातिवाद खत्म होता जिसपर प्रेमचंद ने बार-बार प्रहार किए, वह सांप्रदायिकता शिथिल पड़कर नष्ट हो जाती, जिसने हमारे समाज को कई दुखद यादें दीं। लेकिन जब यह यथार्थ कुछ ज़्यादा विरूप होकर हमारे सामने है, तब इससे लड़ने की प्रेरणा लेने के लिए हमारे पास जो कुछ विरासत है, उसमें प्रेमचंद का साहित्य भी है। वह हमारे जीवन में बार-बार लौटता है।

इसका एक बड़ा और महत्त्वपूर्ण प्रमाण रिंकल शर्मा की पुस्तक श्रृंखला 'प्रेमचंद मंच पर' है। रिंकल शर्मा ने प्रेमचंद की कई महत्त्वपूर्ण कहानियों के नाट्य रूपांतरण किए हैं–बहुत सहज-सरल और प्रस्तुति लायक ये रूपांतरण प्रेमचंद की कहानियों की काया ही नहीं, आत्मा भी बचाए रखने वाले हैं। कहानियों का उनका चयन भी प्रभावित करने वाला है। कुल तीन संचयनों में 14 कहानियाँ हैं, जिनमें 'पंच

परमेश्वर', 'ईदगाह', 'सवा सेर गेहूँ', 'ठाकुर का कुआँ', 'पूस की रात', 'बूढ़ी काकी', 'दो बैलों की कथा', 'बड़े भाईसाहब' और 'नमक का दारोगा' जैसी यादगार कहानियाँ शामिल हैं। इंसाफ़, इंसानियत, जातिवाद, सांप्रदायिकता, ईमानदारी जैसे सवालों पर केंद्रित इन कहानियों को इस नए रूप में पढ़ना या इनका मंचन देखना सुखद है। यह सच है कि प्रेमचंद की कहानियों के नाट्य रूपांतरण या मंचन का सिलसिला पुराना है, लेकिन ऐसे प्रयत्न नहीं दिखते जिनमें कोई एक लेखक निष्ठापूर्वक प्रेमचंद को इस तरह हमारे लिए फिर से रचे और उसकी रोशनी में हम ख़ुद को पहचानें। रिंकल शर्मा का काम इस लिहाज से बेहद महत्त्वपूर्ण है। इस पुस्तक श्रृंखला के लिए मेरी हार्दिक शुभकामनाएँ–इस कामना के साथ कि रिंकल शर्मा ये सिलसिला जारी रखें।

शुभकामना-पत्र

सुभाष चंदर

सुप्रसिद्ध व्यंग्यकार, उपन्यासकार
एवं हिंदी परामर्शदाता (भारत सरकार)

रिंकल शर्मा की लिखी कविताएँ एवं कहानियाँ मैंने बहुत बार सुनी और पढ़ीं हैं। मैं जानता हूँ कि रिंकल शर्मा एक बेहतरीन लेखिका एवं कवयित्री हैं। लेकिन वो एक बेहतरीन नाटककार भी हैं ये मुझे उनकी पुस्तक 'प्रेमचंद मंच पर' पढ़ने के बाद ही पता चला। 'प्रेमचंद मंच पर' पुस्तक के दोनों भागों में ली गयी कहानियों जैसे; पंच-परमेश्वर, ईदगाह, बूढ़ी काकी, गुल्ली-डंडा एवं सवा सेर गेंहू इत्यादि का रिंकल शर्मा ने बड़ी ही सहजता के साथ रूपांतरण किया है। प्रेमचंद की कहानियों की भाषा, सन्देश एवं उनमें व्याप्त नाटकीयता को बरकरार रखते हुए, रिंकल शर्मा ने कहानियों को इस तरह नाटक में परिवर्तित किया है कि कहानियों की वास्तविक आत्मा जीवंत रहती है। रिंकल शर्मा एक बेहतरीन अभिनेत्री एवं रंगकर्मी भी रहीं हैं। शायद यही वजह है कि कहानियों के मंचन की दृष्टि से पुस्तक में उन्होंने मंच की साजो-सज्जा, परिधान एवं तकनीकी संकेतों को दर्शाते हुए अपने रंगमंच के अनुभवों का भरपूर इस्तेमाल किया है।

'प्रेमचंद मंच पर' श्रृंखला की तीसरी कड़ी के लिए मैं रिंकल शर्मा एवं प्रकाशक को बहुत-बहुत शुभकामनाएँ देता हूँ। मुझे उम्मीद है कि जल्द ही ये पुस्तकें पाठकों के दिल को छूएँगी और इनका मंचन भी किया जायेगा।

लेखक की कलम से...

'नाटक' साहित्य का एक अति प्राचीन रूप है। नाटक, किसी भी कहानी को जीवंत करने का एक ऐसा माध्यम है, जहाँ अभिनय और संवादों द्वारा दर्शक को कहानी से जोड़ना बहुत ही सरल हो जाता है। नाटकों के प्रति मेरा आकर्षण बहुत पुराना है। स्कूल में या मोहल्ले में, जहाँ कहीं भी मुझे नाटकों में भाग लेने का अवसर मिलता, मैं ज़रूर भाग लेती थी। यही रुचि आगे चलकर मुझे रंगमंच तक ले आई। मैंने रंगमंच की शुरुआत अभिनय से न करके, रंगमंच के सह-निर्देशन और सह-लेखन जैसे कार्यों से की, जिसकी वजह से मुझे रंगमंच की बारीकियों को समझने का अवसर और अनुभव दोनों ही प्राप्त हुआ।

अपने रंगमंच के उसी अनुभव के आधार पर मुझे ये बात अच्छे से समझ आई कि नाटक के लिए कथावस्तु, पात्रों का चित्रण और संवाद, ये तीन चीज़ें बहुत आवश्यक हैं। अपनी पुस्तक के लिए जब किसी महान लेखक की कहानियों का चयन करना था तो मेरे मस्तिष्क में जो सबसे पहला नाम आया, वो था प्रेमचंद। मैं या मेरे जैसे जितने भी भारतीय लेखक हैं, उनमें से शायद ही कोई ऐसा विरला होगा, जिसकी प्रथम प्रेरणा प्रेमचंद न हों। प्रेमचंद की कहानियाँ दिलों में सहनशीलता, स्नेह, सहिष्णुता, दया, मैत्रीभाव, करुणा जैसी भावनाओं को पनपाती हैं। मैंने बचपन से ही प्रेमचंद की कहानियों को ख़ूब पढ़ा। कहा जाता है कि बचपन में पढ़ी और सुनी बातें आजीवन मन-मस्तिष्क पर विराजमान रहती हैं।

प्रेमचंद एक युग के लेखक कहे जाते हैं। नाट्य-मंचन की दृष्टि से भी प्रेमचंद रंग-निर्देशकों के सर्वाधिक प्रिय लेखकों में आते हैं। मुख्यत: प्रेमचंद अपने कथा साहित्य एवं उपन्यास के लिये जाने जाते हैं क्योंकि यह बहुत कम लोगों को पता है कि उन्होंने नाटक भी लिखें हैं। प्रेमचंद ने 'संग्राम', 'कर्बला' और 'प्रेम की वेदी' जैसे नाटकों की रचना की है, जिनमें प्रेमचंद की नाट्य-कला का पूर्ण विकास देखा जा सकता है। प्रेमचंद की कहानियों में कथावस्तु, पात्र, भाषा और संवाद ये सभी विशेषताएँ देखने को मिलती हैं। उनके द्वारा रचित हर एक कहानी, नाटक के सभी तत्त्वों को अपने अंदर समेटे हुए है। शायद यही वजह है कि इस पुस्तक "प्रेमचंद मंच पर" के लिए उनकी सर्वश्रेष्ठ कहानियों में से किन्हीं चार कहानियों का चयन कर, उनका नाट्य-रूपांतरण करना, मेरे लिए अत्यंत चुनौतीपूर्ण कार्य था।

प्रेमचंद की कहानियों को जब पन्नों पर, नाटकों की शैली में, उकेरने की मंशा हुई तो, मेरी इस मंशा या मेरी इस सोच को आकार देने में, 'प्रभाकर प्रकाशन' ने मेरा भरपूर सहयोग किया। 'प्रभाकर प्रकाशन' ने प्रेमचंद की कहानियों के नाट्य-रूपांतरण को प्रकाशित करने का बीड़ा उठाया। जब एक लेखक और एक प्रकाशक की सोच मिलती है तो एक अच्छी पुस्तक का निर्माण अवश्य होता है, जो पाठकों के हृदय को छूती है। प्रभाकर प्रकाशन के सहयोग के लिए मैं उनका हृदय से आभार व्यक्त करती हूँ।

मुंशी प्रेमचंद जी की कहानियाँ जन-जीवन का मुँह बोलता हुआ चित्रण प्रस्तुत करती हैं और हिंदी साहित्य को नई दिशा प्रदान करती हैं। आज तक हिंदी साहित्य में ना ही उनके जैसा कोई हुआ है और ना ही कोई और होगा। पुस्तक **"प्रेमचंद मंच पर–3"** में प्रस्तुत कहानियों–**"बड़े-भाईसाहब, दो बैलों की कथा, बेटी का धन और नमक का दारोगा"** के नाट्य-रूपांतरण को पढ़कर यदि पाठक प्रेमचंद जी की अन्य कहानियों को पढ़ने और उनकी कहानियों के मंचन के लिए प्रेरित हो सकें तो मैं अपना ये प्रयास सफल समझूँगी।

रिंकल शर्मा

rinkalsharma@gmail.com

प्रस्तावना

भारतीय साहित्य में एक जाना-पहचाना नाम है प्रेमचंद। इस नाम से ही हमारे मन में उजागर होती है सचेत और सजीव कहानियाँ, जो हमारी पारंपरिक सोच, हमारे रूढ़िवादी विचारों को झकझोर कर रख देती है। प्रेमचंद की कहानियाँ केवल कहानियाँ नहीं, बल्कि एक अलौकिक प्रकाश हैं, जो हमारी सामाजिक एवं निजी भ्रांतियों के अँधेरे को मिटाने का प्रयास करती है।

भारतीय जीवन का यथार्थपरक चित्रण करने वाले साहित्य सम्राट प्रेमचंद जी का समुचित कथा-साहित्य ही अनूठा, अनुपम एवं सर्वश्रेष्ठ है। अगर ऐसा कहा जाए कि जब तक देश और विश्व में हिंदी-साहित्य बना रहेगा, प्रेमचंद का नाम सदा अमर रहेगा, तो कोई अतिश्योक्ति नहीं होगी। प्रेमचंद जी की सदाबहार प्रसिद्धि का कारण उनकी कहानियों और उपन्यासों में 'समय को मात' देने का हुनर है। प्रेमचंद कहानी समाज के विभिन्न वर्गों के प्रश्नों और समस्याओं को अपनी कहानियों में सजीव और सार्थक रूप में उभारकर अभिव्यक्त किया है। उद्देश्यहीनता उनकी कहानियों में कहीं भी दिखाई नहीं पड़ती। उनकी सभी कहानियों में चाहें 'कफ़न' हो, 'ईदगाह' हो, 'पंचपरमेश्वर' हो, 'गुल्ली डंडा' हो या 'बड़े भाईसाहब', नाटक के सभी तत्त्व विद्यमान है। सभी कहानियाँ संवाद-शैली में लिखी हुई है।

पुस्तक '**प्रेमचंद मंच पर**' के दोनों भागों की सफलता के बाद प्रस्तुत पुस्तक 'प्रेमचंद मंच पर-3' में ली गई चारों कहानियाँ जैसे-"बड़े-भाईसाहब, दो बैलों की कथा, बेटी का धन और नमक का दारोगा" बहुत समय

पहले लिखीं गई थीं, लेकिन ये सब आज भी जीवंत हैं। **'बड़े-भाईसाहब'** प्रेमचंद की महत्त्वपूर्ण कहानियों में से एक है। इस कहानी में दोनों भाइयों के मनोविज्ञान का वर्णन बहुत सुंदर और उपयुक्त वातावरण में किया है। कहानी में, दोनों भाइयों के रिश्ते को दर्शाने के साथ-साथ, लेखिका ने यह भी समझाने का प्रयत्न किया है कि हम स्वयं को अच्छा दिखाने के प्रयास में अपनी स्वाभाविक इच्छाओं को दबा देते हैं, जिससे वास्तविक जीवन में गतिरोध और मानसिक तनाव उत्पन्न हो जाते है। **'दो बैलों की कथा'** कहानी में प्रेमचंद ने मनुष्य और पशु के भावनात्मक रिश्तों को बख़ूबी से व्यक्त किया है। साथ ही इस कहानी में चित्रित किया है, कि पशु भी अनुरक्ति और प्रणय के भूखे होते हैं। पशु हो या इंसान, उसे स्वतंत्रता से जीने का पूरा अधिकार है। स्वतंत्रता पाने के लिए अगर उसे समाज से लड़ना भी पड़े, तो उसे निडर होकर लड़ना चाहिए। **'बेटी का धन'** कहानी में एक गरीब आदमी की परिस्थितियों को दर्शाते हुए, समाज में फैली ज़मींदारों की तानाशाही और अमीरी-गरीबी को चित्रित किया गया है। साथ ही इस कहानी द्वारा समाज में बेटियों को लेकर फैली भ्रांति कि 'बेटी पराया धन या बोझ' होती है, पर भी चोट की गयी है। आवश्यकता पड़ने पर परिवार के प्रति एक बेटी भी, बेटों से ज़्यादा कर सकती है, को दर्शाया गया है। मनोभावों से सुसज्जित ये कहानी कई दृश्यों में पाठकों के हृदय को छू जाती है। साथ ही समाज के सभ्य मनुष्यों के चरित्र, सिद्धांतों और धर्म-परायणता को भी दर्शाती है। **'नमक का दारोगा'** कहानी हमारे समाज का एक यथार्थ बताती है। इस कहानी में एक ईमानदार नमक निरीक्षक की कहानी को बताया गया है, जिसने कालाबाज़ारी के विरुद्ध आवाज़ उठाई। यह कहानी धन के ऊपर, धर्म की जीत की कहानी है। कहानी में मानव मूल्यों का आदर्श रूप दिखाया गया है और उसे सम्मानित भी किया गया है। 'नमक का दारोगा' कहानी के माध्यम से प्रेमचंद हमें यह संदेश देना चाहते हैं कि चाहे असत्य, अन्याय, भ्रष्टाचार आदि कैसा ही अँधेरा क्यों न आच्छादित कर ले, किन्तु सत्य की चमक में वह शक्ति है कि वह इन दुराचरणों को भेद सकता है। सत्य का स्थान बहुत ऊँचा है। साथ ही एक सन्देश यह भी है, कि ईमानदार व्यक्ति

की कद्र बेईमान व्यवसायी भी करते हैं, क्योंकि अपना अवैध कारोबार चलाने के लिए उन्हें भी ईमानदार लोगों की ज़रुरत पड़ती है। यह कहानी प्रेमचंद की उत्कृष्ट रचनाओं में से एक मानी जाती है। प्रेमचंद द्वारा लिखी इन कहानियों को आज भी पढ़कर लगता ही नहीं है, कि ये कहानियाँ 80 से 90 साल पहले लिखी गयीं थीं।

साहित्य में संवाद-योजना का आयोजन मुख्यतः विस्तार, चरित्र-चित्रण एवं वातावरण निर्माण के लिए किया जाता है। कथा-शिल्पी प्रेमचंद की कहानियों में संवादों की सभी विशेषताएँ विद्यमान हैं। इन कहानियों में उन्होंने नाटकीय शैली की संवाद-योजना को अपनाया था। उन्होंने अपनी कहानियों में आम बोलचाल की भाषा को प्रयोग में लिया था। उनकी भाषा-शैली की इस विशेषता को ध्यान में रखकर, नाटकों की भाषा को भी सरल, सहज और आम बोलचाल की भाषा में ही रखा गया है। प्रेमचंद की कहानियों में चरित्रों का चुनाव, चारित्रिक गठन और उनका क्रमिक विकास सहज और कलात्मक दिखाई पड़ता है। उनकी कहानियों के कथानक सीधे जीवन से संबंध रखते हैं। इस बात को ध्यान में रखते हुए, कहानी के सभी मुख्य पात्र ज्यों-के-त्यों लिये गए हैं, परन्तु उन पात्रों के जीवंत चित्रण की सहायता हेतु कुछ सह-पात्रों का चित्रण किया गया है।

प्रेमचंद की कहानियाँ, रंगमंच हो या मानव-मस्तिष्क हो, सभी जगह अपनी-अपनी एक खास छाप छोड़तीं हैं। उनकी सजीव कहानियों का जीवंत चित्रण नाटकों द्वारा ही संभव हो सकता है। प्रेमचंद की कहानियों का नाट्य-रूपांतरण, ये अनूठा प्रयास इसीलिए भी महत्त्वपूर्ण है कि इसके माध्यम से न केवल रचना प्रक्रिया, बल्कि नाट्य लेखन के क्रमिक विकास का विश्लेषण और नाट्य-लेखन को प्रोत्साहित भी किया जा सकता है।

❑

प्रेमचंद
(1880 – 1936)

प्रेमचंद का जन्म 31 जुलाई, 1880 को लमही, वाराणसी, उत्तर प्रदेश में हुआ था। प्रेमचंद जी के पिता अजायबराय डाकख़ाने में क्लर्क थे और माता का नाम आनन्दी देवी था। प्रेमचंद का मूल नाम धनपत राय था। प्रेमचंद को मानसिक झटके बचपन से ही मिलने शुरू हो गये थे, जब वह 6 वर्ष के थे तभी उनकी माता जी का स्वर्गवास हो गया। उनका विवाह मात्र पंद्रह वर्ष की उम्र में कर दिया गया और सोलह वर्ष के होने पर उनके पिता का भी देहांत हो गया था। अपनी पहली पत्नी से सम्बन्ध-विच्छेदन के बाद, उन्होंने 25 वर्ष की आयु में अपनी पसंद की एक विधवा स्त्री से दूसरा विवाह किया। प्रेमचंद का साहित्य उनके जीवन अनुभवों पर आधारित था क्योंकि उन्होंने सौतेली माँ का व्यवहार, बाल-विवाह, विधवा-विवाह, किसानों और क्लर्कों का दुखी जीवन, और धार्मिक कर्मकांड इत्यादि अपनी युवावस्था तक ही देख लिया था। यही अनुभव आगे चलकर उनके लेखन का विषय बन गया।

प्रेमचंद जी की शिक्षा का आरंभ उर्दू और फारसी भाषा से हुआ। शुरुआत से ही उनको पढ़ने-लिखने का बहुत ही शौक था। मैट्रिक शिक्षा प्राप्त करने के बाद में उन्हें एक स्थानीय विद्यालय में शिक्षक के रूप में नियुक्त किया गया। प्रेमचंद एक अध्यापक, एक लेखक और एक पत्रकार थे, जिनके द्वारा कई उपन्यास लिखे गए, जिनमें गोदान, कर्मभूमि, रंगभूमि, सेवासदन जैसे

विख्यात उपन्यास शामिल है। प्रेमचंद को आधुनिक हिंदी कहानी के पितामह और उपन्यास सम्राट कहा जाता है। उनकी पहली हिंदी कहानी सरस्वती पत्रिका में 'सौत' के नाम से प्रकाशित हुई थी और उनकी अंतिम कहानी का नाम 'कफ़न' रखा गया। प्रेमचंद द्वारा 300 कहानियों की रचना की गई थी। प्रेमचंद की याद में भारतीय डाक तार विभाग द्वारा 30 पैसे मूल्य का डाक-टिकट जारी किया गया था। गोरखपुर के जिस स्कूल में वे पढ़ाते थे, वहीं पर प्रेमचंद साहित्य संस्थान की स्थापना की गई। प्रेमचंद ने अपनी कलम को अपने रक्त में डुबो कर लिखा, वे सचमुच "कलम के सिपाही" थे। प्रेमचंद का निधन 8 अक्टूबर, 1936 को वाराणसी, उत्तर प्रदेश में हुआ। भले ही वे इस दुनिया से स्वर्ग सिधार गए, लेकिन उनकी कृतियों के कारण वे सदैव अमर रहेंगे।

❑

क्रम

(1)

बड़े भाईसाहब

पात्र-परिचय

बड़े-भाईसाहब 14 वर्ष

रामशरण 30 वर्ष

सुधा 20-25 वर्ष (रामशरण की पत्नी)

किशोर 30-35 वर्ष (रामशरण का मित्र)

रामू 9 वर्ष (रामशरण का बचपन)

लक्ष्मण 9 वर्ष (रामशरण का मित्र)

दो लड़के 9-10 वर्ष (रामशरण के मित्र)

दृश्यः एक

[मंच पर पर्दा खुलता है और धीरे-धीरे प्रकाश आता है। मंच के दाहिनी ओर एक सोफा लगा हुआ है। रामशरण (एक आदमी सफेद कुरता-पायजामा पहने) हाथ में एक अख़बार लिए बैठा है।]

रामशरण – (अपनी पत्नी को आवाज़ लगाते हुए) सुधा! सुधा! अरे भई कहाँ हो?

[सुधा का आगमन।]

सुधा – रसोई में थी। कहिये तो क्या काम है?

रामशरण – ये बताओ सारी तैयारियाँ हो गयीं?

सुधा – सुबह से दस बार पूछ चुके हो। सब तैयारियाँ हो चुकी हैं। आप इत्मीनान रखिये।

रामशरण – अच्छा! ठीक है। तुमने सब देख लिया न?

सुधा – हाँ-हाँ, मैंने सब देख लिया है।

रामशरण – सुनो! याद से ड्राइवर को बोल देना, कि ठीक छह बजे स्टेशन पहुँच जाये।

सुधा – पहुँच जायेगा। आप इत्मीनान रखिये। क्यूँ बेकार चिंता कर रहे हैं।

रामशरण – बेकार चिंता करने वाली बात नहीं है सुधा। मैं बस इतना चाहता हूँ कि भाईसाहब को कोई भी तकलीफ़ न हो। तुम तो जानती ही हो कि भाईसाहब मेरे लिए क्या मायने रखते हैं।

सुधा – अच्छे से जानती हूँ। कोई तकलीफ़ नहीं होगी।

रामशरण – वो दाल की कचौड़ियाँ तो बन गयी न? भाईसाहब को कचौड़ियाँ बहुत पसंद हैं।

सुधा – (हँसकर) जी बन गयीं हैं। मैं जानती हूँ कि जो भाईसाहब को पसंद है, वो आपको भी बहुत पसंद है।

[रामशरण के मित्र किशोर का आगमन।]

किशोर – अरे भाई, कचौड़ियाँ किस खुशी में बन रही हैं?

रामशरण – अरे किशोर, आओ आओ।

किशोर – नमस्ते-भाभी।

सुधा – नमस्ते-भैया।

किशोर – क्या बात है रामशरण, आज बड़े उतावले दिख रहे हो?

रामशरण – बात ही कुछ ऐसी है किशोर।

किशोर – हमें भी तो पता चले क्या बात है? कहीं तुम्हारी तरक्की तो नहीं हुई है?

रामशरण – तरक्की से भी बड़ी खुशी की बात है। गाँव से बड़े-भाईसाहब आने वाले हैं। बस उन्हीं के स्वागत-सत्कार की तैयारियाँ चल रही हैं।

किशोर – बड़े-भाईसाहब! तुम्हारे कोई बड़े-भाई भी हैं?

रामशरण – सिर्फ़ बड़े-भाई ही नहीं है, मेरे पूज्य, मेरे आदर्श, मेरे सब कुछ हैं।

किशोर – अच्छा! लेकिन तुमने पहले तो कभी उनके बारे में कुछ नहीं बताया।

रामशरण – उनके बारे में जानना है तो फ़ुर्सत से सुनना होगा।

किशोर – (हँसते हुए) तो सुनाओ भाई, यहाँ तो फ़ुर्सत ही फ़ुर्सत है।

सुधा – भैया आप लोग बातें कीजिये, मैं आपके लिए चाय-नाश्ता भिजवाती हूँ।

[सुधा का प्रस्थान।]

किशोर – हाँ, रामशरण! बड़े-भाईसाहब के बारे में कुछ बताओ।

रामशरण – मेरे माता-पिता ने, हम दोनों भाइयों को अच्छी शिक्षा के लिए गाँव से दूर, शहर में एक छात्रावास में पढ़ने के लिए भेजा था। वहाँ माता-पिता की अनुपस्थिति में बड़े-भाईसाहब ही मेरे संरक्षक थे। वैसे तो मेरे भाईसाहब मुझसे पाँच साल बड़े थे, लेकिन पढ़ाई में केवल तीन दरजे आगे थे। उन्होंने भी उसी उम्र में पढ़ना शुरू किया था जब मैंने शुरू किया था; लेकिन तालीम जैसे महत्त्व के मामले में वह जल्दबाज़ी से काम लेना पसंद न करते थे। इस भावना की बुनियाद वह ख़ूब मज़बूत डालना चाहते थे, जिस पर आलीशान महल बन सके। एक साल का काम, दो साल में करते थे। कभी-कभी तीन साल भी लग जाते थे। बुनियाद ही पुख़्ता न हो, तो मकान कैसे पायेदार बने!

किशोर – भई वाह! ये बहुत अच्छा विचार था।

रामशरण – हम्म! मैं छोटा था, वह बड़े थे। मेरी उम्र नौ साल की थी, वह चौदह साल के थे। उन्हें मेरी तंबीह और निगरानी का पूरा जन्मसिद्ध अधिकार था। और मेरी शालीनता इसी में थी कि उनके हुक्म को क़ानून समझूँ।

किशोर – हा-हा-हा, फिर तो तुम्हारी ख़ूब खिंचाई होती होगी।

रामशरण – बस, पूछो ही मत। वैसे वह स्वभाव से बड़े अध्ययनशील थे। हरदम किताब खोले बैठे रहते और शायद दिमाग को आराम देने के लिए कभी कॉपी पर, कभी किताब के हाशियों पर चिड़ियों, कुत्तों, बिल्लियों की तस्वीरें बनाया करते थे। कभी-कभी एक ही नाम या शब्द या वाक्य दस-बीस बार लिख डालते। कभी एक शेर को बार-बार सुंदर अक्षर में नक़ल करते। कभी ऐसी शब्द-रचना करते, जिसमें न कोई अर्थ होता, न कोई सामंजस्य! मसलन एक बार उनकी कॉपी पर मैंने यह इबारत देखी–स्पेशल, अमीना, भाइयों-भाइयों, दर-असल, भाई-भाई, राधेश्याम,

श्रीयुत राधेश्याम, एक घंटे तक इसके बाद एक आदमी का चेहरा बना हुआ था। मैंने चेष्टा की कि इस पहेली का कोई अर्थ निकालूँ; लेकिन असफल रहा और उनसे पूछने का साहस न हुआ। वह नवीं जमात में थे, मैं पाँचवीं में। उनकी रचनाओं को समझना, मेरे लिए छोटा मुँह बड़ी बात थी।

किशोर – मतलब बड़े ही पढ़ाकू थे?

रामशरण – हाँ, ऐसा कह सकते हो लेकिन मेरे लिए बड़ी मुसीबत थी।

किशोर – मतलब?

रामशरण – मतलब ये कि मेरा जी पढ़ने में बिल्कुल न लगता था। एक घंटा भी किताब लेकर बैठना पहाड़ था। मौक़ा पाते ही होस्टल से निकलकर मैदान में आ जाता और कभी कंकरियाँ उछालता, कभी काग़ज़ की तितलियाँ उड़ाता, और कहीं कोई साथी मिल गया तो पूछना ही क्या? कभी चहारदीवारी पर चढ़कर नीचे कूद रहे हैं, कभी फाटक पर सवार, उसे आगे-पीछे चलाते हुए मोटरकार का आनंद उठा रहे हैं। लेकिन कमरे में आते ही भाईसाहब का रौद्र रूप देखकर प्राण सूख जाते।

[कहते-कहते रामशरण पुरानी यादों में खो जाते हैं। मंच के दाहिनी ओर अँधेरा हो जाता है और मंच पर बायीं ओर रोशनी आती है। एक स्टडी-टेबल आगे लगी हुई है, जिस पर भाईसाहब बैठे हुए पढ़ रहे हैं।]

भाईसाहब – (पढ़ते हुए) फोटोसिन्थेसिस इज अ प्रोसेस यूज्ड बाई प्लांट्स ...

[रामशरण का आगमन।]

भाईसाहब – (गुस्से-से) कहाँ थे?

रामशरण – (धीरे-से) जी...!

भाईसाहब – (तेज आवाज़ में) मैंने पूछा कहाँ थे? जवाब क्यों नहीं देते?

रामशरण – (घबराकर, बहुत धीरे-से) जी, ज़रा बाहर खेल रहा था।

भाईसाहब – मुँह ही मुँह में क्या बोल रहे हो? अब जुबान क्यों नहीं चलती? अँग्रेज़ी का सबक याद किया तुमने?

रामशरण – जी, जी कर लिया।

भाईसाहब – कब किया? अभी तो खेल कर आ रहे हो?

रामशरण – जी, वो पहले ही कर लिया था।

भाईसाहब – पहले कब?

रामशरण – जी, खेलने जाने से कुछ देर पहले ही।

भाईसाहब – दो-चार मिनट की पढ़ाई को, अँग्रेज़ी के सबक याद करना कहते हो।

रामशरण – (घबराते हुए) जी, अच्छे से किया था।

भाईसाहब – क्या अच्छे-से किया था। इस तरह अँग्रेज़ी पढ़ोगे, तो ज़िंदगी-भर पढ़ते रहोगे और एक हर्फ़ न आएगा। अँग्रेज़ी पढ़ना कोई हँसी-खेल नहीं है कि जो चाहे पढ़ ले। नहीं, ऐरा-गैरा नत्थू-खैरा सभी अँग्रेज़ी के विद्वान हो जाते। यहाँ रात-दिन आँखें फोड़नी पड़ती हैं और ख़ून जलाना पड़ता है, तब कहीं यह विधा आती है। और आती क्या है, हाँ, कहने को आ जाती है। बड़े-बड़े विद्वान भी शुद्ध अँग्रेज़ी नहीं लिख सकते, बोलना तो दूर रहा। और मैं कहता हूँ, तुम कितने घोंघा हो कि मुझे देखकर भी सबक़ नहीं लेते। मैं कितनी मेहनत करता हूँ, तुम अपनी आँखों देखते हो, अगर नहीं देखते, तो यह तुम्हारी आँखों का कसूर है, तुम्हारी बुद्धि का कसूर है। इतने मेले-तमाशे होते हैं, मुझे तुमने कभी देखने जाते देखा है, रोज़ ही क्रिकेट और हॉकी मैच होते हैं। मैं पास नहीं फटकता। हमेशा पढ़ता रहता हूँ, उस पर भी एक-एक दरजे में दो-दो, तीन-तीन साल पड़ा रहता हूँ, फिर तुम कैसे आशा करते हो कि तुम यूँ खेल-कूद में वक्त गँवाकर पास हो जाओगे? मुझे तो दो-ही-तीन साल लगते हैं, तुम उम्र-भर इसी दरजे में पड़े सड़ते रहोगे। अगर तुम्हें इस तरह उम्र गँवानी है, तो बेहतर है, घर चले जाओ और मज़े से गुल्ली-डंडा खेलो। दादा की गाढ़ी कमाई के रुपये क्यों बरबाद करते हो?

रामशरण – (रोते हुए, गर्दन नीची करके) जी, आगे से ध्यान रखूँगा।

भाईसाहब – ध्यान रखने में ही तुम्हारी भलाई है। ये बताओ, सुबह से कुछ खाया है या नहीं?

रामशरण – भाईसाहब, खाने के लिए ही आया था।

भाईसाहब – ओह्ह, खेलने से फ़ुर्सत मिली तो खाने का सूझा, पढ़ाई तो कर ही नहीं रहे हो, साथ में सेहत को भी नज़रअंदाज़ करते हो।

रामशरण – आगे से नहीं करूँगा।

भाईसाहब – अच्छा ठीक है। चलो तुम कुछ खा लो। मैं अभी थोड़ी देर में आता हूँ।

[भाईसाहब का प्रस्थान।]

[रामशरण के दोस्त लक्ष्मण का आगमन।]

लक्ष्मण – अरे रामू, तू रो क्यूँ रहा है?

रामशरण – (रोते हुए) कुछ नहीं।

लक्ष्मण – कुछ तो बात है। भाईसाहब ने डाँटा क्या?

रामशरण – (आँसू पोंछते हुए) उसे डाँटना नहीं, लताड़ना कहते हैं।

लक्ष्मण – तो तूने कुछ कहा क्यूँ नहीं?

रामशरण – अब जब अपराध मैंने किया है, तो लताड़ कौन सहे?

लक्ष्मण – लेकिन तुझे अपने बचाव में कुछ तो कहना चाहिए था।

रामशरण – तुझे नहीं पता, भाईसाहब उपदेश की कला में निपुण हैं। ऐसी-ऐसी लगती बातें कहते हैं, ऐसे-ऐसे सूक्ति-बाण चलाते हैं, कि मेरे जिगर के टुकड़े-टुकड़े हो जाते हैं और हिम्मत छूट जाती है। भाईसाहब कहते हैं कि मैं जी तोड़कर मेहनत करूँ, लेकिन मैं तो सोचता हूँ, क्यों न घर चला जाऊँ। जो काम मेरे बूते के बाहर है, उसमें हाथ डालकर क्यों अपनी ज़िंदगी ख़राब करूँ। मुझे अपना मूर्ख रहना मंजूर है; लेकिन इतनी मेहनत! मुझे तो चक्कर आ जाता है।

लक्ष्मण – इतनी जल्दी हार नहीं मानते रामू। तू ऐसा कर एक टाइम-टेबल बना।

रामशरण – टाइम-टेबल! उससे क्या होगा?

लक्ष्मण – बहुत कुछ होगा। तू उसके हिसाब से काम करेगा तो ज़रूर सफल होगा। वैसे भी बिना पहले से नक्शा बनाए, बिना कोई स्कीम तैयार किए, काम कैसे शुरू होता है भला?

रामशरण – (उदास होकर) टाइम-टेबिल बना लेना एक बात है, उस पर अमल करना दूसरी बात। जब भी बनाता हूँ, तो पहले ही दिन से उसकी अवहेलना शुरू हो जाती है। मैदान की सुखद हरियाली, हवा के हल्के-हल्के झोंकें, फुटबाल की उछल-कूद, कबड्डी के दाँव-घात, वॉली-बॉल की तेजी और फुरती मुझे अज्ञात और अनिवार्य रूप से खींच ले जाती है और वहाँ जाते ही, मैं सब कुछ भूल जाता हूँ। यह जानलेवा टाइम-टेबिल, वह आँखफोड़ पुस्तकें किसी की याद नहीं रहती है, और फिर भाईसाहब को नसीहत और फ़ज़ीहत का अवसर मिल जाता। तू जानता है लक्ष्मण, मैं तो उनके साये से भी भागता हूँ, उनकी आँखों से दूर रहने की चेष्टा करता हूँ। कमरे में इस तरह दबे पाँव आता हूँ, कि उन्हें ख़बर न हो। उनकी नज़र मेरी ओर उठी और मेरे प्राण निकले। हमेशा सिर पर एक नंगी तलवार-सी लटकती मालूम होती है। फिर भी जैसे मौत और विपत्ति के बीच में भी आदमी मोह और माया के बंधन में जकड़ा रहता है, मैं भी फटकार और घुड़कियाँ खाकर भी खेल-कूद का तिरस्कार न कर पाता हूँ। समझ नहीं आता कि क्या करूँ?

लक्ष्मण – देख रामू, तू ऐसे फ़िकर करेगा तो कभी इस जंजाल से मुक्ति न पायेगा। तू एक बार फिर से कोशिश कर।

रामशरण – मतलब?

लक्ष्मण – एक बार फिर से टाइम-टेबल बना और इस बार ख़ूब नियम से उसका पालन करना।

रामशरण – (ख़ुश होकर) ठीक है दोस्त, तुम कहते हो तो मैं एक बार फिर से टाइम-टेबल बनाऊँगा और आगे से ख़ूब जी लगाकर पढ़ूँगा।

लक्ष्मण – ये हुई न बात, चलो मैं तुम्हारी मदद करता हूँ।

[दोनों एक पेपर पर टाइम-टेबल बनाते हैं।]

रामशरण – (एक पेपर पर) प्रातःकाल उठना, छह बजे मुँह-हाथ धो, नाश्ता कर पढ़ने बैठ जाना। छह से आठ तक अँग्रेज़ी, आठ से नौ तक हिसाब, नौ से साढ़े नौ तक इतिहास, फिर भोजन और स्कूल। साढ़े तीन बजे स्कूल से वापस आकर आधा घंटा आराम, चार से पाँच तक भूगोल, पाँच से छह तक ग्रामर, आधा घंटा होस्टल के सामने टहलना, साढ़े छह से सात तक अँग्रेज़ी कम्पोजीशन, फिर भोजन करके आठ से नौ तक अनुवाद, नौ से दस तक हिंदी, दस से ग्यारह तक विविध विषय, फिर विश्राम।

लक्ष्मण – रामू, इस टाइम-टेबल में खेलने का समय तो है ही नहीं, हम खेलेंगे कब?

रामशरण – लक्ष्मण, लगता है मेरा बचपन बिना खेल-कूद के ही जायेगा। वैसे भी भाईसाहब को तो यही चाहिए।

लक्ष्मण – तू चिंता मत कर, ये जो आधा घंटा टहलने का समय है, इसमें हम खेल लिया करेंगे।

रामशरण – हाँ! ये तरकीब अच्छी रहेगी।

लक्ष्मण – अब तुम अपने इस टाइम-टेबल के हिसाब से चलो, फिर देखो तुम्हें अव्वल आने से कोई न रोक पायेगा। हिम्मत करने वालों की कभी हार नहीं होती।

रामशरण – बिल्कुल सही कहा दोस्त।

[मंच पर प्रकाश कम हो जाता है।]

❑

दृश्यः दो

[मंच पर धीरे-धीरे प्रकाश आता है। रामशरण, लक्ष्मण और अपने दो-तीन दोस्तों के साथ गुल्ली-डंडा खेल रहा है।]

रामशरण – अब पदाने की बारी लक्ष्मण की है।

लक्ष्मण – ठीक है। आ जाओ मैदान में, देखते हैं बच्चू, जीत तो न पाओगे।

दूसरा लड़का – रामू के रहते तुम न जीत पाओगे।

रामशरण – अब दाँव भी दोगे या बातें ही करते रहोगे।

[लक्ष्मण गुल्ली मारता हैं, लेकिन रामशरण गुल्ली नहीं पकड़ पाता। गुल्ली उसके पीछे जाकर गिरती है।]

लक्ष्मण – देखा रामू, मेरा दाँव।

रामशरण – हाँ, भाई देखा। लेकिन ज़्यादा ख़ुश मत हो, मेरा दाँव भी देखना।

लक्ष्मण – ठीक है, तो अबकी तुम हाथ आजमा लो।

[रामशरण गुल्ली मारता हैं और गुल्ली बहुत दूर जाकर गिरती है। लक्ष्मण दौड़कर गुल्ली उठाकर लाता है।]

रामशरण – देखा, मेरा दाँव!

लक्ष्मण – (हाँफते हुए) थोड़ा सुस्ता लेते हैं, बहुत थक गए।

रामशरण – लो अभी तो खेल शुरू हुआ और थक भी गए।

लक्ष्मण – तुम्हारे जैसी फुर्ती कहाँ से लायें, तुम तो सारा दिन खेलकर भी न थकते हो।

रामशरण – अच्छा ठीक है, तुम कहते हो तो चलो कुछ देर बैठ जाते हैं।

[चारों लड़के एक जगह बैठ जाते हैं।]

लक्ष्मण – (पसीना पोंछते हुए) मुझसे तो अब और न खेला जायेगा।

रामशरण – कैसी बात करते हो, अभी तो खेलने का समय बाकी है।

लक्ष्मण – सूरज सर पे चढ़ आया है। दोपहर के भोजन का समय हो चला है।

रामशरण – एक दाँव और खेलते हैं फिर चले जाना।

लक्ष्मण – क्यों आज तुम्हें भाईसाहब का डर नहीं है? देर हो जाने पर आज लताड़ेंगे नहीं क्या?

रामशरण – अब भाईसाहब का वह रोब मुझ पर न रहा।

लक्ष्मण – वो क्यों भला?

रामशरण – सालाना इम्तिहान में भाईसाहब फेल हो गए, और मैं पास हो गया, वो भी दरजे में प्रथम आया हूँ। (हँसते हुए) अब मेरे और उनके बीच केवल दो साल का अंतर रह गया।

लक्ष्मण – ये बड़े ही दुःख की बात है।

रामशरण – जिस दिन रिजल्ट मिला था उस दिन तो जी में आया, भाईसाहब को आड़े हाथों लूँ और कहूँ, कि अब आपकी वह घोर तपस्या कहाँ गई? मुझे देखिए, मज़े से खेलता भी रहा और दरजे में अव्वल भी हूँ।

एक लड़का – तुमने आड़े हाथों लिया?

रामशरण – नहीं, वह इतने दुःखी और उदास थे कि मुझे उनसे दिली हमदर्दी हुई और उनके घाव पर नमक छिड़कने का विचार ही लज्जास्पद जान पड़ा।

लक्ष्मण – तभी तुम आजकल ख़ूब खेलते-कूदते हो।

रामशरण – अब मैं आज़ादी से खेल-कूद में शरीक होने लगा हूँ। अब मेरा दिल मज़बूत है, अब मैं किसी से नहीं डरता हूँ।

लक्ष्मण – इसका अर्थ कहीं ये तो नहीं, कि अब तुम्हें अपने पर अभिमान हो गया है?

रामशरण – हाँ, अब मुझे अपने ऊपर कुछ अभिमान हुआ है और मेरा आत्मसम्मान भी बढ़ा है।

दूसरा लड़का – लेकिन वो तुम्हारे बड़े भाईसाहब हैं, अगर उन्होंने अब भी तुम्हारी फ़ज़ीहत करी तो?

रामशरण – अगर उन्होंने फिर मेरी फ़ज़ीहत की, तो साफ कह दूँगा– आपने अपना ख़ून जलाकर कौन-सा तीर मार लिया। मैं तो खेलते-कूदते दरजे में अव्वल आ गया।

लक्ष्मण – (हँसते हुए) कह पाओगे भाईसाहब से इतना सब?

रामशरण – (उदास होकर) जबान से यह हेकड़ी जताने का साहस शायद न कर पाऊँ, लेकिन मेरे रंग-ढंग से साफ़ ज़ाहिर कर दूँगा कि भाईसाहब आपका वह आतंक अब मुझ पर नहीं है।

लक्ष्मण – तुम तो अब बहुत ही बहादुर हो गए हो।

रामशरण – तो चलो फिर, एक दाँव मेरी बहादुरी के नाम पर ही हो जाये।

लक्ष्मण – ठीक है भैया, तुम आज दाँव लिए बिना मानोगे नहीं चलो।

[बच्चें फिर से गुल्ली-डंडा खेलने लग जाते हैं। मंच पर प्रकाश कम हो जाता है।]

❑

दृश्यः तीन

[मंच पर धीरे-धीरे प्रकाश आता है। भाईसाहब अपने कमरे में बैठे हैं।]

भाईसाहब – (अपने-आप से) आज इतना समय हो चला मगर रामू अभी तक नहीं आया। लगता है, आज आड़े-हाथों लेना ही पड़ेगा। लगता है बच्चू को, अव्वल आने का कुछ ज़्यादा ही अभिमान हो गया है। आने दो, अच्छे से ख़बर लूँगा।

[रामशरण का आगमन।]

रामशरण – (डरते हुए) भाईसाहब, आपने भोजन कर लिया?

भाईसाहब – (क्रोध से) पहले ये बताओ, कहाँ थे अब तक?

रामशरण – जी, जी वो मैं।

भाईसाहब – ये जी मैं, जी मैं क्या लगा रखा है? साफ-साफ बोलते क्यों नहीं?

रामशरण – जी, वो मैं गुल्ली-डंडा खेल रहा था।

भाईसाहब – (गुस्से से) सुबह से निकले तुम अब दोपहर के भोजन के समय आ रहे हो। सारा दिन गुल्ली-डंडा को भेंट चढ़ा दिया।

रामशरण – जी, वो मैं बस आ ही रहा था कि दोस्तों ने रोक लिया।

भाईसाहब – (गुस्से से चिल्लाते हुये) हम्म, उन्होंने रोका और तुम रुक गए। इस साल पास हो गए और दरजे में अव्वल आ गए, तो तुम्हें दिमाग हो गया है; मगर भाईजान, घमंड तो बड़े-बड़े

का नहीं रहा, तुम्हारी क्या हस्ती है, इतिहास में रावण का हाल तो पढ़ा ही होगा। उसके चरित्र से तुमने कौन-सा उपदेश लिया? या यूँ ही पढ़ गए? महज इम्तिहान पास कर लेना कोई चीज़ नहीं, असल चीज़ है बुद्धि का विकास। जो कुछ पढ़ो, उसका अभिप्राय समझो। रावण भूमंडल का स्वामी था। ऐसे राजाओं को 'चक्रवर्ती' कहते हैं। आजकल अँग्रेज़ों के राज्य का विस्तार बहुत बढ़ा हुआ है, पर उन्हें चक्रवर्ती नहीं कह सकते। संसार में अनेकों राष्ट्र, अँग्रेज़ों का आधिपत्य स्वीकार नहीं करते। बिल्कुल स्वाधीन हैं। रावण चक्रवर्ती राजा था। संसार के सभी महीप उसे कर देते थे। बड़े-बड़े देवता उसकी ग़ुलामी करते थे। आग और पानी के देवता भी उसके दास थे; मगर उसका अंत क्या हुआ? घमंड ने उसका नामो-निशान तक मिटा दिया, कोई उसे एक चूल्लू पानी देने वाला भी न बचा। आदमी जो कुकर्म चाहे करे; पर अभिमान न करे, इतराए नहीं। अभिमान किया और दीन-दुनिया से गया। शैतान का हाल भी पढ़ा ही होगा। उसे यह अभिमान हुआ था कि ईश्वर का उससे बढ़कर सच्चा, भक्त कोई है ही नहीं। अंत में यह हुआ कि स्वर्ग से नरक में ढकेल दिया गया। शाहेरूम ने भी एक बार अहंकार किया था। भीख माँग-माँगकर मर गया। तुमने तो अभी केवल एक दरजा पास किया है और अभी से तुम्हारा सिर फिर गया है, तब तो तुम आगे बढ़ चुके। यह समझ लो कि तुम अपनी मेहनत से नहीं पास हुए, अंधे के हाथ बटेर लग गई। मगर बटेर केवल एक बार हाथ लग सकती है, बार-बार नहीं। कभी-कभी गुल्ली-डंडे में भी अँधा-चोट निशाना पड़ जाता है। उससे कोई सफल खिलाड़ी नहीं हो जाता। सफल खिलाड़ी वह है, जिसका कोई निशाना ख़ाली न जाए।

रामशरण – (हल्का-सा मुस्कराकर) जी समझ गया।

भाईसाहब – (चिढ़कर) मेरे फेल होने पर न जाओ। मेरे दरजे में आओगे, तो दाँतों पसीना आ जाएगा। जब अलजेबरा और जामेट्री के लोहे के चने चबाने पड़ेंगे और इंगलिस्तान का इतिहास पढ़ना पड़ेगा! बादशाहों के नाम याद रखना आसान नहीं। आठ-आठ हेनरी ही गुजरे हैं। कौन-सा कांड किस हेनरी के समय हुआ, क्या यह याद कर लेना आसान समझते हो? हेनरी सातवें की जगह हेनरी आठवाँ लिखा और सब नंबर गायब! सफाचट। सिफ़र भी न मिलेगा, सिफ़र भी! हो किस ख़याल में! दरजनों तो जेम्स हुए हैं, दरजनों विलियम, कोड़ियों चार्ल्स! दिमाग चक्कर खाने लगता है। आँधी रोग हो जाता है। इन अभागों को नाम भी न जुड़ते थे। एक ही नाम के पीछे दोयम, सोयम, चहारुम, पंजुम लगाते चले गए। मुझसे पूछते, तो दस लाख नाम बता देता। और जामेट्री तो बस ख़ुदा की पनाह! अ ब ज की जगह अ ज ब लिख दिया और सारे नंबर कट गए। कोई इन निर्दयी मुम्तहिनों से नहीं पूछता कि आख़िर अ ब ज और अ ज ब में क्या फ़र्क़ है और व्यर्थ की बात के लिए क्यों छात्रों का ख़ून करते हो। दाल-भात-रोटी खाई या भात-दाल-रोटी खाई, इसमें क्या रखा है; मगर इन परीक्षकों को क्या परवाह! वह तो वही देखते हैं, जो पुस्तक में लिखा है। चाहते हैं कि लड़के अक्षर-अक्षर रट डालें। और इसी रटंत का नाम शिक्षा रख छोड़ा है और आख़िर इन बे-सिर-पैर की बातों के पढ़ने से क्या फायदा? इस रेखा पर वह लंब गिरा दो, तो आधार लंब से दुगुना होगा। पूछिए, इससे प्रयोजन? दुगुना नहीं, चौगुना हो जाए, या आधा ही रहे, मेरी बला से, लेकिन परीक्षा में पास होना है, तो यह सब ख़ुराफात याद करनी पड़ेगी। कह दिया–'समय की पाबंदी' पर एक निबंध लिखो, जो चार पन्नों से कम न हो। अब आप कॉपी

सामने खोले, क़लम हाथ में लिए, उसके नाम को रोइए। कौन नहीं जानता कि समय की पाबंदी बहुत अच्छी बात है। इससे आदमी के जीवन में संयम आ जाता है, दूसरों का उस पर स्नेह होने लगता है और उसके कारोबार में उन्नति होती है; लेकिन इस ज़रा-सी बात पर चार पन्ने कैसे लिखें? जो बात एक वाक्य में कही जा सके, उसे चार पन्ने में लिखने की ज़रुरत? मैं तो इसे हिमाक़त समझता हूँ। यह तो समय की किफ़ायत नहीं, बल्कि उसका दुरुपयोग है कि व्यर्थ में किसी बात को ठूँस दिया। हम चाहते हैं, आदमी को जो कुछ कहना हो, चटपट कह दे और अपनी राह ले। मगर नहीं, आपको चार पन्ने रंगने पड़ेंगे, चाहे जैसे लिखिए। और पन्ने भी पूरे फुलस्केप आकार के। यह छात्रों पर अत्याचार नहीं तो और क्या है? अनर्थ तो यह है कि कहा जाता है, संक्षेप में लिखो। समय की पाबंदी पर संक्षेप में एक निबंध लिखो, जो चार पन्नों से कम न हो। ठीक! संक्षेप में चार पन्ने हुए, नहीं शायद सौ-दो सौ पन्ने लिखवाते। तेज भी दौड़िए और धीरे-धीरे भी। है उल्टी बात या नहीं? बालक भी इतनी-सी बात समझ सकता है, लेकिन इन अध्यापकों को इतनी तमीज़ भी नहीं। उस पर दावा है कि हम अध्यापक हैं। मेरे दरजे में आओगे लाला, तो ये सारे पापड़ बेलने पड़ेंगे और तब आटे-दाल का भाव मालूम होगा। इस दरजे में अव्वल आ गए हो, तो ज़मीन पर पाँव नहीं रखते। इसलिए मेरा कहना मानिए। लाख फेल हो गया हूँ, लेकिन तुमसे बड़ा हूँ, संसार का मुझे तुमसे ज़्यादा अनुभव है। जो कुछ कहता हूँ, उसे गिरह बाँधिए, नहीं पछताइएगा।

रामशरण – जी, भाईसाहब। मैं आपकी हर बात गाँठ बांधूँगा।

भाईसाहब – चलो अब तुम भोजन कर लो, मैं ज़रा थोड़ी देर टहलकर आता हूँ। भोजन के बाद टहलने से स्वास्थ्य अच्छा रहता है।

[भाईसाहब का प्रस्थान।]

रामशरण – (उदास अपने-आप से) अच्छा हुआ चले गए, नहीं ईश्वर जाने, यह उपदेश-माला कब समाप्त होती। अब तो ये भोजन भी आज मुझे निःस्वाद-सा लगेगा। जब पास होने पर यह तिरस्कार हो रहा है, तो फेल हो जाने पर तो शायद प्राण ही ले लिए जाते। भाईसाहब ने अपने दरजे की पढ़ाई का जो भयंकर चित्र खींचा है, उससे तो मुझे और भी भय हो रहा है। मेरी भी मति मारी गयी थी जो स्कूल छोड़कर घर नहीं भागा, अब न जाने और क्या-क्या सहना पड़ेगा। भाईसाहब सही कहते हैं, मैं पढ़ता तो हूँ, लेकीन बहुत कम। लेकिन अब बहुत पढ़ना पड़ेगा। यदि अगली बार पास न हुआ तो बहुत जलील होना पड़ेगा। हाँ, अब मैं खेल-कूद छोड़ फिर से पढ़ूगा।

[मंच पर प्रकाश कम हो जाता है।]

❑

दृश्यः चार

[मंच पर धीरे-धीरे प्रकाश आता है। रामशरण कमरे में उदास बैठा है। तभी लक्ष्मण उसके पास आता है।]

लक्ष्मण – अरे रामू, तू यहाँ ऐसे उदास क्यों बैठा है?

रामशरण – कुछ नहीं।

लक्ष्मण – अरे भाई, तुम अव्वल आये हो तब भी उदास हो। हम तो खींचतान के पास हुए, तब भी मज़े में हैं।

रामशरण – इसी बात का तो दुःख है दोस्त, पिछले साल की तरह सालाना इम्तिहान में फिर वही हो गया मैं पास हो गया। और भाईसाहब फेल हो गए।

लक्ष्मण – तुमने मेहनत की होगी, तो तुम अव्वल आ गए। इसमें सोचने वाली बात क्या है?

रामशरण – मैंने बहुत मेहनत नहीं की पर न जाने कैसे दरजे में अव्वल आ गया। मुझे ख़ुद अचरज हुआ।

लक्ष्मण – (सोचते हुए) फिर तो भाईसाहब ने भी मेहनत न की होगी।

रामशरण – भाईसाहब ने प्राणांतक परिश्रम किया था। कोर्स का एक-एक शब्द चाट गए थे; दस बजे रात तक इधर, चार बजे भोर से उधर, छह से साढ़े नौ तक स्कूल जाने के पहले। मुद्रा कांतिहीन हो गई थी, मगर बेचारे फेल हो गए। मुझे उन पर दया आती थी।

लक्ष्मण – अब होनी को भला कौन टाल सकता है?

रामशरण – हाँ दोस्त, नतीजा सुनाया गया, तो वह रो पड़े और मैं भी रोने लगा। अपने पास होने वाली ख़ुशी आधी हो गई। मैं भी फेल हो गया होता, तो भाईसाहब को इतना दुःख न होता, लेकिन विधि की बात कौन टाले।

लक्ष्मण – लेकिन अब क्या हो सकता है।

रामशरण – पहले भाईसाहब मुझसे तीन दरजे आगे थे, लेकिन मेरे और भाईसाहब के बीच में अब केवल एक दरजे का अंतर और रह गया।

लक्ष्मण – ये तो अच्छा हुआ न, अब रौब न जमायेंगे।

रामशरण – (खुश होकर) हाँ, कहीं भाईसाहब एक साल और फेल हो जाएँ, तो मैं उनके बराबर हो जाऊँ, फिर वह किस आधार पर मेरी फ़ज़ीहत कर सकेंगे।

लक्ष्मण – फिर तो तुम जब मर्जी खेल-कूद सकते हो।

रामशरण – (कुछ सोचकर) नहीं-नहीं, आख़िर वह मुझे मेरे हित के विचार से ही तो डाँटते हैं। मुझे उस वक़्त अप्रिय लगता है अवश्य, मगर यह शायद उनके उपदेशों का ही असर हो कि मैं दनादन पास होता जाता हूँ और इतने अच्छे नंबरों से।

लक्ष्मण – हो सकता है। क्या अब भी भाईसाहब डाँटते हैं?

रामशरण – नहीं, अब भाईसाहब बहुत कुछ नर्म पड़ गए। कई बार मुझे डाँटने का अवसर पाकर भी उन्होंने धीरज से काम लिया। शायद अब वह ख़ुद समझने लगे है, कि मुझे डाँटने का अधिकार उन्हें नहीं रहा; या रहा तो बहुत कम। अब तो मेरी स्वच्छंदता भी बढ़ी है। अब तो मैं उनकी सहिष्णुता का अनुचित लाभ उठाने लगा हूँ। न जाने क्यों आजकल मुझे कुछ ऐसी धारणा हुई कि मैं तो पास ही हो जाऊँगा, पढ़ूँ या न पढ़ूँ मेरी तक़दीर बलवान है, इसलिए भाईसाहब के डर

से जो थोड़ा-बहुत पढ़ लिया करता था, वह भी बंद हुआ। लेकिन कहीं ऐसा न हो कि अगले साल मैं फेल हो जाऊ।

लक्ष्मण – ऐसा कुछ नहीं होगा। तुम भाईसाहब के फेल होने की वजह से थोड़ा दुखी हो। इसलिए ऐसे विचार तुम्हारे मन में आ रहे हैं। चलो, बाहर चलो, मन अच्छा हो जायेगा।

रामशरण – बाहर!

लक्ष्मण – हाँ, चलो कनकौए उड़ाते हैं।

रामशरण – (ख़ुश होकर) हाँ चलो, लेकिन भाईसाहब को पता चल गया तो?

लक्ष्मण – तो पता चल जाने दो, डरने की क्या बात है?

रामशरण – नहीं, माना मुझे कनकौए उड़ाने का शौक है और मन करता है, कि सारा समय पतंगबाजी को भेंट हो जाये लेकिन फिर भी, मैं भाईसाहब का अदब करता हूँ और उनकी नज़र बचाकर ही कनकौए उड़ाऊँगा। मैं बिल्कुल भी भाईसाहब को यह संदेह न करने देना चाहता हूँ कि उनका सम्मान और लिहाज मेरी नज़रों से कम हो गया है। इसलिए माँझा देना, कन्ने बाँधना, पतंग टूर्नामिंट की तैयारियाँ आदि समस्याएँ अब गुप्त रूप से हल की जायेंगी।

लक्ष्मण – ठीक है दोस्त, जैसा तुम चाहोगे वैसा ही होगा। अब चलो भी।

रामशरण – ठीक है, चलो।

[मंच पर प्रकाश कम हो जाता है।]

❑

दृश्यः पाँच

[मंच पर धीरे-धीरे प्रकाश आता है। संध्या का समय है। रामशरण और उसके दोस्त कनकौए उड़ा रहे हैं।]

रामशरण – (पतंग की डोर पकड़े हुए) लक्ष्मण, जोर की कन्नी देना।

लक्ष्मण – (दूसरी तरफ़ पतंग पकड़े हुए) हाँ, देता हूँ, तुम भी सँभाल कर।

एक लड़का – रामू, आज तो हम जीतेंगे।

लक्ष्मण – जीतोगे तो तब न जब हमारी पतंग काट पाओगे।

रामशरण – लक्ष्मण, बातों में ध्यान मत दो, चरखी ठीक से पकड़ो।

लक्ष्मण – रामू, थोड़ी ढील दो, पतंग आसमान तक जानी चाहिए।

दूसरा लड़का – रामू, हिम्मत है तो पेंच लड़ाकर दिखाओ।

रामशरण – ऐसी बात है तो लो।

लक्ष्मण – रामू सँभालकर, पतंग कट न जाए।

रामशरण – तुम चिंता मत करो, ये प्रतियोगिता तो हम ही जीतेंगे। तुम बस चरखी सँभालो।

[रामशरण पतंग उड़ा रहा है, तभी भाईसाहब उधर से गुजरते है और रामशरण उनसे टकरा जाता है।]

भाईसाहब – तुम यहाँ!

रामशरण – (डरकर पतंग छोड़ देता है) जी भाईसाहब वो मैं...।

[रामशरण की पतंग कट जाती है। लड़के खुशी से उछलने लगते हैं।]

एक लड़का – हे, रामू की पतंग कट गयी। हम जीत गए।

[रामशरण उदास होकर, नज़रें नीची किया खड़ा है।]

भाईसाहब – (रामशरण की बाजू पकड़कर) इन बाज़ारी लौंडों के साथ धेले के कनकौए के लिए दौड़ते तुम्हें शर्म नहीं आती? तुम्हें इसका भी कुछ लिहाज नहीं कि अब नीची जमात में नहीं हो, बल्कि आठवीं जमात में आ गए हो और मुझसे केवल एक दरजा नीचे हो। आख़िर आदमी को कुछ तो अपनी पोजीशन का ख़याल करना चाहिए। एक जमाना था कि कि लोग आठवाँ दरजा पास करके नायब तहसीलदार हो जाते थे। मैं कितने ही मिडलचियों को जानता हूँ, जो आज अव्वल दरजे के डिप्टी मजिस्ट्रेट या सुपरिटेंडेंट हैं। कितने ही आठवीं जमात वाले हमारे लीडर और समाचार-पत्रों के संपादक हैं। बड़े-बड़े विद्वान उनकी मातहती में काम करते हैं और तुम उसी आठवें दरजे में आकर बाजारी लौंडों के साथ कनकौए के लिए दौड़ रहे हो। मुझे तुम्हारी इस कम-अकली पर दुःख होता है। तुम जहीन हो, इसमें शक नहीं; लेकिन वह जेहीन किस काम का, जो हमारे आत्म-गौरव की हत्या कर डाले? तुम अपने दिल में समझते होंगे, मैं भाईसाहब से महज एक दरजा नीचे हूँ और अब उन्हें मुझको कुछ कहने का हक़ नहीं है; लेकिन यह तुम्हारी गलती है। मैं तुमसे पाँच साल बड़ा हूँ और चाहे आज तुम मेरी ही जमात में आ जाओ और परीक्षकों का यही हाल रहा तो निस्संदेह अगले साल तुम मेरे समकक्ष हो जाओगे और शायद एक साल बाद तुम मुझसे आगे निकल जाओ–लेकिन मुझमें और तुममें जो पाँच साल का अंतर है, उसे तुम क्या, खुदा भी नहीं मिटा सकता। मैं तुमसे पाँच साल बड़ा हूँ और हमेशा रहूँगा।

रामशरण – (रोते हुए) ऐसी बात नहीं है, भाईसाहब।

भाईसाहब – चुप! मुझे दुनिया का और ज़िंदगी का जो तजुरबा है, तुम उसकी बराबरी नहीं कर सकते, चाहे तुम एम.ए., डी.फिल. और डी.लिट्. ही क्यों न हो जाओ। समझ किताबें पढ़ने से नहीं आती है। हमारी अम्माँ ने कोई दरजा पास नहीं किया, और दादा भी शायद पाँचवीं-छठी जमात के आगे नहीं गए, लेकिन हम दोनों चाहे सारी दुनिया की विद्या पढ़ लें, अम्माँ और दादा को हमें समझाने और सुधारने का अधिकार हमेशा रहेगा। केवल इसलिए नहीं कि वे हमारे जन्म-दाता है, बल्कि इसलिए कि उन्हें दुनिया का हमसे ज़्यादा तजुरबा है और रहेगा। अमेरिका में किस तरह कि राज्य-व्यवस्था है और आठवें हेनरी ने कितने विवाह किए और आकाश में कितने नक्षत्र हैं, यह बातें चाहे उन्हें न मालूम हो, लेकिन हज़ारों ऐसी बातें हैं, जिनका ज्ञान उन्हें हमसे और तुमसे ज़्यादा है। दैव न करे, आज मैं बीमार हो जाऊँ, तो तुम्हारे हाथ-पाँव फूल जाएँगे। दादा को तार देने के सिवा तुम्हें और कुछ न सूझेगा; लेकिन तुम्हारी जगह पर दादा हों, तो किसी को तार न दें, न घबराएँ, न बदहवास हों। पहले ख़ुद मरज पहचानकर इलाज करेंगे, उसमें सफल न हुए, तो किसी डॉक्टर को बुलाएँगे। बीमारी तो ख़ैर बड़ी चीज़ है। हम-तुम तो इतना भी नहीं जानते कि महीने भर का ख़र्च महीने भर कैसे चले। जो कुछ दादा भेजते हैं, उसे हम बीस-बाईस तक ख़र्च कर डालते हैं और पैसे-पैसे को मोहताज हो जाते हैं। नाश्ता बंद हो जाता है, धोबी और नाई से मुँह चुराने लगते हैं; लेकिन जितना आज हम और तुम ख़र्च कर रहे हैं, उसके आधे में दादा ने अपनी उम्र का बड़ा भाग इज़्ज़त और नेकनामी के साथ निभाया है और एक कुटुंब का पालन किया है, जिसमें सब मिलाकर नौ आदमी थे। अपने हेडमास्टर साहब ही को देखो। एम.ए. हैं

कि नहीं; और यहाँ के एम.ए. नहीं, ऑक्सफोर्ड के। एक हज़ार रुपये पाते हैं, लेकिन उनके घर इंतज़ाम कौन करता है? उनकी बूढ़ी माँ। हेडमास्टर साहब की डिग्री यहाँ आकर बेकार हो गई। पहले ख़ुद घर का इंतज़ाम करते थे। ख़र्च पूरा न पड़ता था। कर्ज़दार रहते थे। जब से उनकी माताजी ने प्रबंध अपने हाथ में ले लिया है, जैसे घर में लक्ष्मी आ गई हैं। तो भाईजान, यह गुरूर दिल से निकाल डालो कि तुम मेरे समीप आ गए हो और अब स्वतंत्र हो। मेरे देखते तुम बेराह नहीं चल पाओगे। अगर तुम यूँ न मानोगे, तो मैं (थप्पड़ दिखाकर) इसका प्रयोग भी कर सकता हूँ। मैं जानता हूँ, तुम्हें मेरी बातें जहर लग रही हैं...।

रामशरण – (सिर झुकाकर)–हरगिज नहीं। आप जो कुछ फरमा रहे हैं, वह बिल्कुल सच है और आपको कहने का अधिकार है।

भाईसाहब – (नर्म होकर) मैं कनकौए उड़ाने को मना नहीं करता। मेरा जी भी ललचाता है, लेकिन क्या करूँ, ख़ुद बेराह चलूँ तो तुम्हारी रक्षा कैसे करूँ? यह कर्तव्य भी तो मेरे सिर पर है!

रामशरण – (रोते हुए, भाईसाहब से लिपटकर) भाईसाहब, मुझे आज सचमुच अपनी लघुता का अनुभव हुआ है और आपके प्रति मेरे मन में श्रद्धा और अधिक बढ़ गयी है, मुझे क्षमा कर दीजिये।

[तभी भाईसाहब के सिर के ऊपर से एक पतंग की डोर आती है।]

भाईसाहब – (मुस्कराकर) अच्छा ठीक है। अब यूँ ही रोते रहोगे या कनकौए भी उड़ाओगे? चलो हिम्मत है तो करो मेरे साथ प्रतियोगिता।

रामशरण – (खुश होकर) ये बात है, तो चलिए।

[भाईसाहब पतंग लेकर दौड़ने लगते हैं और रामशरण उनके पीछे-पीछे दौड़ता है। मंच पर प्रकाश कम हो जाता है।]

❑

दृश्यः छह

[मंच पर प्रकाश आता है। रामशरण और किशोर बातें कर रहे हैं।]

रामशरण – (गहरी साँस लेकर) उस दिन भाईसाहब से लिपटकर जिस असीम आनंद की प्राप्ति हुई, वो शायद स्वर्ग में भी न होगी।

किशोर – फिर उस दिन के बाद से भाईसाहब के साथ तुम्हारा डर खत्म हुआ होगा?

रामशरण – उस दिन भाईसाहब और मैंने दिनभर कनकौए उड़ाये। लग रहा था जैसे बरसों बाद हमने एक-दुसरे को जाना था। लेकिन इसका मतलब ये नहीं था कि भाईसाहब अपने अधिकारों को भुला बैठे थे। अगले दिन से फिर वही रौब जमाना, लताड़ लगाना शुरु हो गया था।

किशोर – (हँसकर) मतलब ये कि तुम्हारे दिन वैसे ही रहे।

रामशरण – (हँसकर) हाँ, लेकिन न जाने क्यों फिर वो लताड़ मुझे अच्छी लगने लगी थी। मुझे लगता है, आज मैं जो कुछ भी हूँ, वो सब भाईसाहब की उस डाँट-फटकार की वजह से ही हूँ। अगर भाईसाहब मुझे यूँ डाँटते न, तो मैं तो सारा जीवन कनकौए उड़ाने में ही व्यतीत कर देता। भाईसाहब न होते तो पुस्तकों में मेरी अरुचि ज्यों-की-त्यों बनी रहती। भाईसाहब के उस प्यार और बड़प्पन के बारे में जब भी सोचता हूँ तो आज भी मैं नत-मस्तक हो जाता हूँ।

किशोर – सच कहा दोस्त, हमारे जीवन में ऐसे लोग बहुत कम होते हैं, जो हमें जीने की सही राह दिखाते हैं। अब तो मेरा दिल भी भाईसाहब के प्रति गद्‌गद हो उठा है।

[सुधा का आगमन।]

सुधा – सुनिए, पाँच बज गए। भाईसाहब की गाड़ी आने का समय हो गया है।

रामशरण – (हाथ-घड़ी देखकर) अरे हाँ, बातों में समय कहाँ बीता, पता ही नहीं चला। अच्छा मैं निकलता हूँ, भाईसाहब को लेने स्टेशन जाना है।

किशोर – रामू, मैं भी तुम्हारे साथ चलता हूँ। आख़िर मुझे भी भाईसाहब के दर्शन हो जायेंगे।

रामशरण – (मुस्कराकर) ठीक है। चलो।

[रामशरण और किशोर चले जाते हैं।]

[धीरे-धीरे मंच पर अँधेरा हो जाता है और पर्दा गिर जाता है।]

[समाप्त]

❑

(2)

दो बैलों की कथा

पात्र-परिचय

झूरी	:	उम्र 25–30 वर्ष (बैलों का मालिक)
झुमरी	:	उम्र 20–25 वर्ष (झूरी की पत्नी)
हीरा	:	सफेद बैल
मोती	:	भूरा बैल
गया	:	उम्र 25–30 वर्ष (झूरी का साला)
हरिया	:	उम्र 26–28 वर्ष (झूरी का नौकर)
चार-पाँच लड़के	:	उम्र 12–18 वर्ष (गाँव के लड़के)
दो सहायक	:	उम्र 27–35 वर्ष (गया के सहायक)
लड़की	:	उम्र 8–10 वर्ष (छोटी बच्ची)
चौकीदार	:	उम्र 45–55 वर्ष (मवेशीखाने का चौकीदार)
सहायक	:	उम्र 40–45 वर्ष (मवेशीखाने का कर्मचारी)
दढ़ियल आदमी	:	उम्र 50–55 वर्ष
चार-पाँच आदमी	:	उम्र 30–40 वर्ष (नीलामी में खरीददार)

दृश्यः एक

[मंच पर पर्दा खुलता है और धीरे-धीरे प्रकाश आता है।]

[मंच पर दाहिनी ओर एक चारपाई लगी हैं, जिस पर दो आदमी (झूरी और गया) और एक औरत (झूरी की पत्नी झुमरी) बैठी है। मंच के दाहिनी ओर दो बैल (हीरा और मोती) खड़े हैं।]

गया – झूरी भाई, जानवर को तो भगवान् ने बनाया ही इंसानों की मदद के लिए है। कुत्ता घर की रखवाली के काम आता है, गाय दूध देने के, घोड़ा सवारी करने के, तो गधा बोझा ढोने के काम आता है।

झुमरी – सही कहा भैया। अगर जानवर इंसान के काम न आये तो फिर भला उसका इस धरती पर क्या काम? पर भैया एक जानवर के बारे तुम बोलना भूल गए।

गया – वो कौन?

झुमरी – गधे का छोटा भाई, जो उससे कम ही गधा है–'बैल'। इससे मिलते-जुलते अर्थ में बोले तो 'बछिया के ताऊ'।

गया – झुमरी, बैल को भला कैसे भूल सकता हूँ। बैलों को ही तो लेने, मैं यहाँ आया हूँ। इस बार ज़रा कुछ दिनों का काम है, फिर वापस दे जाऊँगा।

झुमरी – हाँ भैया, ले जाओ। थोड़े दिन मुझे भी उनके झंझट से मुक्ति मिले।

झूरी – मुक्ति मिले! झुमरी, मेरे दोनों बैल तो बड़े ही सीधे-सादे हैं। वो किसी को कोई कष्ट नहीं देते।

झुमरी – तुम तो बस लाड करना जानते हो। उनका खान-पान तो सब मुझे देखना पड़ता है।

झूरी – लाड क्यों न करूँ भला? मेरे दोनों पछाहीं जाति के बैल हीरा और मोती सिर्फ़ नाम के नहीं बल्कि गुणों से भी हीरा और मोती हैं। दोनों देखने में सुंदर, काम में चौकस, डील में ऊँचे हैं। भैया, इंसानों में भी जो न देखने को मिले, वैसा प्रेम हैं दोनों बैलों के बीच। दोनों आमने-सामने या आस-पास बैठे हुए एक-दूसरे से मूक भाषा में विचार-विनिमय किया करते हैं। एक-दूसरे के मन की बात को कैसे समझ जाते है, हम कह नहीं सकते। अवश्य ही उनमें कोई ऐसी गुप्त शक्ति है, जिससे जीवों में श्रेष्ठता का दावा करने वाला मनुष्य वंचित है। दोनों एक-दूसरे को चाटकर, सूँघकर अपना प्रेम प्रकट करते हैं। कभी-कभी दोनों सींग भी मिला लिया करते हैं, विग्रह के नाते से नहीं, केवल विनोद के भाव से, आत्मीयता के भाव से, जैसे दोनों में घनिष्ठता होते ही धौल-धप्पा होने लगता है। इसके बिना दोस्ती कुछ फुसफसी, कुछ हल्की-सी रहती है, फिर ज़्यादा विश्वास नहीं किया जा सकता। जिस वक्त ये दोनों बैल हल या गाड़ी में जोत दिए जाते हैं और गरदन हिला-हिलाकर चलते हैं, उस समय हर एक की चेष्टा होती कि ज़्यादा-से-ज़्यादा बोझ उसकी गर्दन पर रहे। दिन-भर के बाद दोपहर या संध्या को दोनों खुलते हैं, तो एक-दूसरे को चाट-चूट कर अपनी थकान मिटा लिया करते हैं, नाँद में खली-भूसा पड़ जाने के बाद दोनों साथ उठते हैं, साथ नाँद में मुँह डालते हैं और साथ ही बैठते हैं। एक मुँह हटा लेता तो दूसरा भी हटा लेता था। सच में दोनों का आपसी प्रेम देखते ही बनता है।

गया – तुम चिंता न करो, तुम्हारे दोनों बैल जैसे यहाँ है, वैसे ही वहाँ रहेंगे और फिर हमेशा के लिए थोड़े ही लेके जा रहा हूँ। काम होते ही लौटा जाऊँगा।

झूरी – नहीं-नहीं ऐसी बात नहीं है। तुम आराम से ले जाओ।

गया – तो फिर ठीक है भैया, चलता हूँ। साँझ होने से पहले घर पहुँचना है।

झूरी – ठीक है भैया, ध्यान रखना।

[गया, दोनों बैलों (हीरा और मोती) को अपने साथ ले जाता है। मंच पर प्रकाश कम हो जाता है।]

❑

दृश्यः दो

[मंच पर धीरे-धीरे प्रकाश आता है। हीरा और मोती, दोनों रस्सियों से बंधे हुए खड़े हैं। दोनों ही उदास हैं और एक दूसरे से बात करते हैं। (बैलों की बातों को हम बैकग्राउंड साउंड द्वारा दर्शा सकते हैं।)]

हीरा – मोती ये हम कहाँ आ गए हैं? यहाँ तो कुछ भी जाना-पहचाना नहीं है।

मोती – सही कहते हो भैया, यह तो नया घर, नया गाँव दिखाई देता है।

हीरा – यहाँ के लोगों में भी कोई जान-पहचान वाला नहीं दिखता है। लगता है हमारे मालिक ने हमें कहीं बेच दिया है। हमने तो उनकी सेवा में कोई कसर न छोड़ी थी। जितनी मेहनत करते थे, अगर उतने से बात नहीं बनी थी तो और काम ले लेते। जो कुछ उन्होंने दिया हमने वही सिर झुकाकर खा लिया, दाने-चारे को लेकर कभी शिकायत न की। फिर भी न जाने क्यों मालिक ने हमें किसी और के हाथ बेच दिया?

मोती – ऐसा नहीं हो सकता भैया, हमारा मालिक तो हमसे बहुत प्यार करता था। वो हमें ऐसे नहीं बेच सकता। मेरा दिल कहता है।

हीरा – मेरा तो दिल बहुत भारी हो रहा है। जो हमारा अपना घर था वो तो हमसे छूट गया, ये नया घर मुझे बिल्कुल भी पसंद नहीं आ रहा।

मोती – सही कहते हो हीरा, मेरा भी कुछ ऐसा ही हाल है। देखो न, सुबह से भूख लगी थी, लेकिन अब जब ये चारा सामने पड़ा है तो नाँद में मुँह मारने को भी जी नहीं चाहता है।

हीरा – लेकिन ऐसे कब तक काम चलेगा? कुछ तो करना होगा।

मोती – एक उपाय है।

हीरा – कैसा उपाय? जल्दी बताओ।

मोती – यहाँ से भाग चलते हैं।

हीरा – लेकिन कैसे? ये रस्सियाँ तो बहुत मज़बूत जान पड़ती हैं।

मोती – देखो, सारे गाँव में सोता पड़ गया है। यही अच्छा मौका है यहाँ से भागने का। थोड़ा दम लगायेंगे तो रस्सी टूट जायेंगी।

हीरा – ठीक है। मैं इधर से खींचता हूँ और तुम उधर से खींचो।

मोती – ठीक है, दम लगा के हईसा।

[दोनों की रस्सियाँ टूट जातीं हैं।]

हीरा – मोती, रस्सियाँ तो टूट गयीं।

मोती – हीरा, अब देर नहीं करते। इससे पहले की कोई जाग जाये, हम यहाँ से भाग चलते हैं।

हीरा – हाँ ठीक है, चलो।

[हीरा और मोती दोनों भाग जाते हैं। मंच पर प्रकाश कम हो जाता है।]

❑

दृश्यः तीन

[मंच पर धीरे-धीरे प्रकाश आता है। सुबह का समय है। हीरा और मोती दोनों झूरी के घर के बाहर खड़े हैं। झूरी और तीन-चार गाँव के लड़के भी खड़े हैं।]

झूरी – (बैलों को गले लगाते हुए) आह! मेरे प्यारे बैल, मेरे पास आ गए।

एक लड़का – देखो झूरी, दोनों की गरदनों में आधा-आधा गरांव लटक रहा था। घुटने तक पाँव कीचड़ से भरे हैं। लगता है ये दोनों भागकर आये हैं।

दूसरा लड़का – गाँव में ऐसा पहले शायद ही कभी हुआ हो। ये दोनों तो शूरवीर हैं।

एक लड़का – सच कहा भैया, इन दोनों को तो इनकी वीरता के लिए ईनाम मिलना चाहिए। दोनों अपने मालिक से कितना प्रेम करते हैं।

तीसरा लड़का – सच कहा, मैं अभी इनके लिए अपने घर से रोटियाँ, गुड़, चोकर, और भूसी लेकर आता हूँ।

चौथा लड़का – भाई, इन दोनों के लिए तो जोरदार तालियाँ बजनी चाहिए।

एक लड़का – सच! ऐसे बैल किसी के पास न होंगे।

दूसरा लड़का – इतनी दूर से दोनों अकेले चले आए।

तीसरा लड़का – बैल नहीं हैं वे, उस जन्म के आदमी हैं।

[झुमरी का आगमन।]

झुमरी – (चौंककर) ये दोनों यहाँ!

झूरी – हाँ देखो, दोनों आ गए।

झुमरी – (क्रोध से) कैसे नमक-हराम बैल हैं कि एक दिन वहाँ काम न किया, भाग खड़े हुए।

झूरी – (गुस्से से) नमक हराम क्यों हैं? चारा-दाना न दिया होगा तो क्या करते?

झुमरी – (चिढ़कर) बस, तुम्हीं तो बैलों को खिलाना जानते हो, और तो सभी पानी पिला-पिलाकर रखते हैं।

झूरी – चारा मिलता तो क्यों भागते?

झुमरी – (गुस्से से) भागे इसलिए कि वे लोग तुम जैसे बुद्धुओं की तरह बैल को सहलाते नहीं, खिलाते हैं तो रगड़कर जोतते भी हैं। ये दोनों ठहरे कामचोर, भाग निकले। अब देखूँ कहाँ से खली और चोकर मिलता है। सूखे भूसे के सिवा कुछ न दूँगी, खाएँ चाहें मरें।

झूरी – इतना द्वेष किसलिए? आख़िर जानवर ही तो हैं।

झुमरी – तभी तो अकल ठिकाने आएगी। (नौकर से) ऐ हरिया! अब से बैलों को खाली सूखा भूसा दिया जाए। जब फीका-फीका, न कोई चिकनाहट, न कोई रस वाला भूसा खायेंगे तो सारी अकल आ जाएगी।

हरिया – जी, मालकिन।

[झुमरी चली जाती है। हरिया बैलों को सूखा चारा डालता है।]

झूरी – हरिया, थोड़ी-सी खली क्यों नहीं डाल देता बे?

हरिया – मालकिन मुझे मार ही डालेंगी।

झूरी – चुराकर डाल आ।

हरिया – ना दादा, पीछे से तुम भी उन्हीं की-सी कहोगे।

झूरी – अच्छा ठीक है। तू जा।

[हरिया चला जाता है। झूरी अपने बैलों से लिपट जाता है।]

झूरी – आज तुम दोनों ये सूखा चारा खा लो, कल से तुम्हें हरी-भरी खली दूँगा।

[दोनों बैल, झूरी के हाथों से अपना सिर रगड़ने लगते हैं। मंच पर प्रकाश कम हो जाता है।]

❑

दृश्यः चार

[मंच पर धीरे-धीरे प्रकाश आता है। हीरा और मोती फिर से गया के घर पर हैं। दोनों नांद के सामने खड़े हैं।]

मोती – हीरा, जहाँ से भागे थे फिर वहीं आ गए।

हीरा – क्या कर सकते हैं, किस्मत ही खराब है।

मोती – ये गया तो इस बार हमें गाड़ी में जोत कर ले आया।

हीरा – हमारे मालिक ने भी तो न रोका।

मोती – मैंने तो गाड़ी को खाई में गिराना चाहा, पर तुमने सँभाल लिया। वरना ऐसी चोट खाता कि याद रखता।

हीरा – सहनशीलता भी कोई चीज़ होती है। हमारी जाति का गुण है ये।

मोती – एक तो हमको मोटी-मोटी रस्सियों से बाँधा है और खाने को फिर वही सूखा भूसा डाल दिया। देखो तो, अपने दोनों बैलों को तो खली चूनी सब कुछ दी।

हीरा – पता नहीं हमसे ये सौतेला व्यवहार क्यूँ हो रहा है?

मोती – हमारे मालिक के यहाँ तो हमारा ऐसा अपमान कभी न हुआ था।

हीरा – हमारा मालिक तो हमें कभी फूल की छड़ी से भी न छूता था। उसकी टिटकार पर हम दोनों कैसे उड़ने लगते थे।

मोती – यहाँ एक तो मार पड़ी और खाने को मिला है ये सूखा भूसा। मेरा तो नाँद की तरफ़ झाँकने को भी जी नहीं चाहता है।

हीरा – देखो, गया फिर आ रहा है।

मोती – ज़रूर हमें खेतों में जोतने के लिए लेकर जायेगा।

हीरा – हाँ, हम बैलों का और काम भी क्या है।

मोती – मैं तो न जाऊँगा, देखो तुम भी टस से मस न होना, देखते हैं कैसे काम करवाएगा?

[गया का आगमन।]

गया – आज तुम दोनों को खेतों पर हल जोतने चलना है। दोनों कामचोर बैल कहीं के।

[गया ख़ूब जोर लगाता है, लेकिन दोनों बैल अपनी जगह से हिलते भी न थे।]

गया – (गुस्से से) लगता है तुम दोनों ने जैसे पाँव न उठाने की कसम खा ली है। तुम दोनों ऐसे नहीं मानोगे, दोनों को डंडे से सबक सिखाना ही होगा।

[गया एक डंडा लाता है और दोनों को पीटने लगता है। वह मारते-मारते थक गया, पर दोनों ने पाँव न उठाया।]

गया – ओह्ह! तो तुमने ठान रखा है। अब देखो मेरा दाँव।

[गया ने हीरा की नाक पर ख़ूब डंडे जमाये। हीरा की हालत देखकर मोती का गुस्सा काबू से बाहर हो गया। वह हल लेकर भागा। हल, रस्सी, जुआ, जोत, सब टूट-टाटकर बराबर हो गया। गले में बड़ी-बड़ी रस्सियाँ न होतीं तो दोनों पकड़ में न आते।]

गया – (हाँफते हुए) अभी तुम दोनों को छोड़ रहा हूँ। देखना कैसा सबक सिखाऊँगा।

[गया चला जाता है।]

मोती – (दुखी होकर) आज तो इसने हद कर दी। मैं तो भाग रहा था, तुम क्यों नहीं भागे?

हीरा – (हताश होकर) भागना व्यर्थ है।

मोती – कैसे व्यर्थ था? अपनी हालत देखो, तुम्हारी तो इसने जान ही ले ली थी।

हीरा – जानता हूँ। लेकिन वो गुस्से में गया है, लगता है अबकी और बड़ी मार पड़ेगी।

मोती – (खीजकर) पड़ने दो, बैल का जन्म लिया है तो मार से कहाँ तक बचेंगे?

हीरा – वो देखो, गया फिर दो आदमियों के साथ दौड़ा आ रहा है, दोनों के हाथों में लाठियाँ हैं।

मोती – कहो तो दिखा दूँ मज़ा मैं भी, लाठी लेकर आ रहा है।

हीरा – नहीं भाई! चुपचाप खड़े हो जाओ।

मोती – मुझे मारेगा तो मैं एक-दो को गिरा दूँगा।

हीरा – नहीं हमारी जाति का यह धर्म नहीं है।

मोती – मैं ये सब नहीं जानता। इस बार इसने हाथ उठाया तो मैं चुप न रहूँगा।

[गया अपने दो सहायकों के साथ आता है।]

गया – ले चलो इन दोनों कामचोरों को, यदि न माने तो सीधे लट्ठ बजाना।

एक सहायक – नहीं मालिक, अभी बैल पहले ही मार खा चुके हैं। और मारोगे तो खिसिया जायेंगे। इस वक्त टाल जाना ही भलमनसाहत है।

दूसरा सहायक – हाँ मालिक, जानवर प्यार की भाषा समझता है।

गया – अच्छा ठीक है, ले चलो दोनों को।

[गया और उसके सहायक, दोनों बैलों को लेकर चले जाते हैं। मंच पर प्रकाश कम हो जाता है।]

❑

दृश्यः पाँच

[मंच पर धीरे-धीरे प्रकाश आता है। दोनों बैल बाड़े में चुपचाप उदास खड़े हैं।]

मोती – (चिढ़कर) हम्म, फिर वही सूखा चारा।

हीरा – अब इसी को किस्मत समझो।

मोती – ख़ुद तो सब घर के अन्दर मलीदा खा रहे हैं। सारा दिन हम काम करें और खाने को सूखा भूसा।

हीरा – जो है सो खा लो।

[एक छोटी लड़की, हाथ में दो रोटी लिए आती है।]

लड़की – हीरा, मोती ये लो चुपके से रोटी खा लो। जल्दी खा लो, किसी ने देख लिया तो मुझे ख़ूब मार पड़ेगी। अच्छा, अब मैं जाती हूँ।

[लड़की अन्दर चली जाती है।]

हीरा – कितनी प्यारी बच्ची है।

मोती – इस लड़की के अलावा, लगता नहीं कि यहाँ किसी सज्जन का भी वास है।

हीरा – यह लड़की भैरो की है। इसकी माँ मर चुकी है। वो जो औरत है वो इसकी सौतेली माँ है जो इसे मारती रहती है।

मोती – क्या जानवर, क्या इंसान, इन लोगों को हरेक को बस मारना ही आता है।

हीरा – देखो तो इस बच्ची को हमसे एक प्रकार की आत्मीयता हो गई है। तभी तो रोज़ हमारे लिए चुपके से रोटी लाती है। लगता है इस अनाथ को भी सिर्फ़ हमसे ही प्रेम मिलता है।

मोती – सच में, इसकी एक रोटी से भूख तो क्या शान्त होती है, पर हमारे हृदय को मानो भोजन मिल जाता है। शायद इसके प्रेम के इस प्रसाद की ही बरकत है, कि दो-दो गाल सूखा भूसा खाकर भी हम दोनों जीवित हैं।

हीरा – सही कहा तुमने। वरना यहाँ तो हम पर दिन-भर डंडे मारे जाते हैं और शाम को हम थान पर बाँध दिए जाते हैं। इन निर्दयों में बस यही एक सज्जन है।

मोती – लेकिन मेरे तो रोम-रोम में विद्रोह भरा हुआ है। अब तो नहीं सहा जाता हीरा!

हीरा – क्या करना चाहते हो?

मोती – एकाध को सींगों पर उठाकर फेंक दूँगा।

हीरा – लेकिन जानते हो, वह प्यारी लड़की, जो हमें रोटियाँ खिलाती है, उसी की लड़की है, जो इस घर का मालिक है, यह बेचारी अनाथ हो जाएगी।

मोती – तो मालकिन को फेंक दूँ, वही तो इस लड़की को मारती है।

हीरा – लेकिन औरत जात पर सींग चलाना मना है, यह भूल जाते हो।

मोती – तुम तो किसी तरह निकलने ही नहीं देते, बताओ, तुड़ाकर भाग चलें।

हीरा – हाँ, यह मैं स्वीकार करता हूँ, लेकिन इतनी मोटी रस्सी टूटेगी कैसे।

मोती – इसका एक उपाय है, पहले रस्सी को थोड़ा चबा लो। फिर एक झटके में टूट जाती है।

हीरा – ठीक है। तो चबाना शुरू करते हैं।

[दोनों रस्सियाँ चबाने लगे, पर मोटी रस्सी मुँह में न आती थी। बेचारे बार-बार जोर लगाकर रह जाते थे।]

हीरा – ये रस्सी तो चबती ही नहीं है।

मोती – हिम्मत न हारो, चबाते रहो।

हीरा – देखो दरवाज़ा खुला, लगता है कोई आ रहा है।

[घर का द्वार खुला और वह छोटी लड़की निकली। दोनों सिर झुकाकर उसका हाथ चाटने लगे। दोनों की पूंछें खड़ी हो गईं। उसने उनके माथे सहलाए।]

लड़की – मैं तुम दोनों को खोल देती हूँ, चुपके से भाग जाओ, नहीं तो ये लोग तुम्हें मार डालेंगे। आज घर में सलाह हो रही है कि इनकी नाकों में नथ डाल दी जाएँ।

[लड़की, उन दोनों की रस्सियाँ खोल देती है। दोनों चुपचाप खड़े रहते हैं।]

मोती – अब चलते क्यों नहीं ?

हीरा – चलें तो, लेकिन कल इस अनाथ पर आफ़त आएगी, सब इसी पर संदेह करेंगे।

मोती – अभी ये सोचना बंद करो। इसने हमारी मदद की है, चलो जल्दी चलो।

[दोनों जैसे ही चलने लगते हैं, लड़की चिल्ला उठती है।]

लड़की – दोनों, फूफा वाले बैल भागे जा रहे हैं, ओ दादा! दादा! दोनों बैल भागे जा रहे हैं, ओ दादा! दादा! दोनों बैल भागे जा रहे हैं, जल्दी दौड़ो।

[गया हड़बड़ाकर भीतर से निकला और बैलों को पकड़ने चला। वे दोनों भागे। गया ने पीछा किया, और भी तेज हुए, गया ने शोर मचाया। फिर अपने दोनों सहायकों को भी साथ लेने के लिए लौटा। दोनों बैलों को भागने का मौका मिल गया। सीधे दौड़ते चले जाते हैं।]

[मंच पर प्रकाश कम हो जाता है।]

❑

दृश्यः छह

[मंच पर धीरे-धीरे प्रकाश आता है। हीरा और मोती एक खेत के किनारे खड़े हैं।]

हीरा – जिस परिचित मार्ग से आए थे, उसका यहाँ कोई अता-पता नहीं है।

मोती – नए-नए गाँव मिलने लगे हैं। अब क्या करना चाहिए?

हीरा – मुझे मालूम होता है कि हम राह भूल गए हैं।

मोती – तुम भी बेतहाशा भागे, वहीं उसे मार गिराना था।

हीरा – उसे मार गिराते तो दुनिया क्या कहती? वह अपना धर्म छोड़ दे, लेकिन हम अपना धर्म क्यों छोड़े?

मोती – तुम्हारी ये धरम-करम की बातें मुझे समझ नहीं आतीं। फिलहाल तो मुझे बहुत भूख लग रही है।

हीरा – भूख तो मुझे भी लग रही है।

मोती – तो फिर सोचना क्या? ये देखो कितना हरा-भरा मटर का खेत है, यही खा लेते हैं।

हीरा – हाँ, चलो।

[दोनों खेत में चरने लगे। जब पेट भर गया, दोनों ने आज़ादी का अनुभव किया तो मस्त होकर उछलने-कूदने लगे। पहले दोनों ने डकार ली। फिर सींग मिलाए और एक-दूसरे को ठेकने लगे। मोती ने

हीरा को कई कदम पीछे हटा दिया, यहाँ तक कि वह खाई में गिर गया। तब उसे भी क्रोध आ गया। सँभलकर उठा और मोती से भिड़ गया। मोती ने देखा कि खेल में झगड़ा हुआ चाहता है, तो किनारे हट गया। तभी उन्हें कुछ आहट सुनाई देती है।]

हीरा – मोती, तुम्हें कुछ आहट सुनाई दी।

मोती – सुनाई ही नहीं मुझे तो दिखाई भी दे रहा है। अरे वो देखो, कोई सांड दौड़ता चला आ रहा है।

हीरा – (घबराकर) हाँ, सांड ही है। सांड क्या पूरा हाथी ही है।

मोती – उससे भिड़ना जान से हाथ धोना है, लेकिन न भिड़ने पर भी जान बचती नज़र नहीं आती।

हीरा – हमारी तरफ़ ही आ रहा है। कितनी भयंकर सूरत है!

मोती – (घबराकर) बुरे फँसे, जान बचेगी? कोई उपाय सोचो।

हीरा – (चिंतित स्वर में) अपने घमंड में फूला हुआ है, आरजू-विनती न सुनेगा।

मोती – भाग क्यों न चलें?

हीरा – भागना कायरता है।

मोती – तो फिर यहीं मरो। बंदा तो नौ दो ग्यारह होता है।

हीरा – और जो दौड़ाए?

मोती – तो फिर कोई उपाय सोचो जल्द!

हीरा – उपाय यह है कि उस पर दोनों जने एक साथ चोट करें। मैं आगे से रगेदता हूँ, तुम पीछे से रगेदो, दोहरी मार पड़ेगी तो भाग खड़ा होगा। मेरी ओर झपटे, तुम बगल से उसके पेट में सींग घुसेड़ देना। जान जोखिम है, पर दूसरा उपाय नहीं है।

मोती – ठीक है।

[दोनों मित्र जान हथेली पर लेकर लपके। सांड को भी संगठित शत्रुओं से लड़ने का तजुरबा न था। ज्यों-ही हीरा पर झपटा, मोती

ने पीछे से दौड़ाया। सांड उसकी तरफ़ मुड़ा तो हीरा ने रगेदा। सांड चाहता था, कि एक-एक करके दोनों को गिरा ले, पर ये दोनों भी उस्ताद थे। उसे वह अवसर न देते थे। एक बार सांड झल्लाकर हीरा का अन्त कर देने के लिए चला, कि मोती ने बगल से आकर उसके पेट में सींग भोंक दिया। सांड क्रोध में आकर पीछे फिरा तो हीरा ने दूसरे पहलू में सींग चुभा दिया। आख़िर बेचारा ज़ख्मी होकर भागा और दोनों मित्रों ने दूर तक उसका पीछा किया। यहाँ तक कि सांड बेदम होकर गिर पड़ा। तब दोनों ने उसे छोड़ दिया।]

मोती – (खुश होकर) मेरा जी चाहता था कि बचा को मार ही डालूँ।

हीरा – गिरे हुए बैरी पर सींग न चलाना चाहिए।

मोती – यह सब ढोंग है, बैरी को ऐसा मारना चाहिए कि फिर न उठे।

हीरा – अब घर कैसे पहुँचोगे, वह सोचो।

मोती – पहले कुछ खा लें, तो सोचें।

हीरा – अभी तो खाया था।

मोती – युद्ध भी किया, भूख लग गयी।

[सामने मटर का खेत था ही, मोती उसमें घुस गया। हीरा मना करता रहा, पर उसने एक न सुनी। अभी दो ही चार ग्रास खाये थे, कि आदमी लाठियाँ लिए दौड़ पड़े और दोनों मित्र को घेर लिया, हीरा तो मेड़ पर था निकल गया। मोती सींचे हुए खेत में था। उसके खुर कीचड़ में धँसने लगे। न भाग सका। पकड़ लिया। हीरा ने देखा, संगी संकट में है तो लौट पड़ा। फँसेंगे तो दोनों फँसेंगे। रखवालों ने उसे भी पकड़ लिया।]

[मंच पर प्रकाश कम हो गया।]

❑

दृश्यः सात

[मंच पर धीरे-धीरे प्रकाश आता है। सुबह का समय है। दोनों बैल एक कांजी हौस में बंद हैं। साथ कुछ और मवेशी (जानवर) भी हैं।]

मोती – चार दिन बीत गये और खाने को एक तिनका भी नहीं मिला है। समझ में नहीं आता, यह कैसा स्वामी है।

हीरा – हाँ, इससे तो गया फिर भी अच्छा था। कम-से-कम सूखा भूसा तो देता था।

मोती – हमारे अलावा यहाँ कई भैंसे, कई बकरियाँ, कई घोड़े, कई गधे हैं पर देखो किसी के सामने भी चारा नहीं है, सब के सब ज़मीन पर मुर्दों की तरह पड़े हैं।

हीरा – हाँ और कई तो इतने कमज़ोर हो गये हैं, कि खड़े भी न हो सकते हैं।

मोती – सारा दिन हो गया फाटक की ओर टकटकी लगाए, पर कोई चारा लेकर आता नहीं दिखाई दिया है।

हीरा – भूख के मारे मैंने तो बहुत बार दीवार की नमकीन मिट्टी चाटनी शुरू की, पर इससे क्या तृप्ति होती है।

मोती – यदि आज रात को भी कुछ भोजन न मिला तो?

हीरा – मेरे दिल में विद्रोह की ज्वाला दहक उठी है। अब नहीं रहा जाता मोती!

मोती – मुझे तो मालूम होता है कि प्राण निकल रहे हैं।

हीरा – आओ दीवार तोड़ डालें।

मोती – मुझसे तो अब कुछ नहीं होगा।

हीरा – बस इसी बूते पर अकड़ते थे!

मोती – सारी अकड़ निकल गई।

हीरा – तुम बैठो, मैं तो दीवार तोड़कर ही दम लूँगा।

मोती – चौकीदार आ गया तो बहुत मार पड़ेगी। एक तो कुछ खाया नहीं, ऊपर से मार और सहनी होगी।

हीरा – मार पड़ेगी तो देखा जायेगा।

[बाड़े की दीवार कच्ची थी। हीरा मज़बूत तो था ही, अपने नुकीले सींग दीवार में गड़ा दिए और जोर मारा तो मिट्टी का एक चिप्पड़ निकल आया। फिर तो उसका साहस बढ़ा उसने दौड़-दौड़कर दीवार पर चोटें कीं और हर चोट में थोड़ी-थोड़ी मिट्टी गिराने लगा। उसी समय कांजी हौस का चौकीदार लालटेन लेकर जानवरों की हाज़िरी लेने आ निकला। हीरा का उद्दंडपन्न देखकर उसे कई डंडे रसीद किए और मोटी-सी रस्सी से बाँध दिया।]

मोती – आख़िर मार खाई, क्या मिला?

हीरा – अपने बूते-भर जोर तो मार दिया।

मोती – ऐसा जोर मारना किस काम का कि और बंधन में पड़ गए।

हीरा – जोर तो मारता ही जाऊँगा, चाहे कितने ही बंधन पड़ते जाएँ।

मोती – जान से हाथ धोना पड़ेगा।

हीरा – कुछ परवाह नहीं। यों भी तो मरना ही है। सोचो, दीवार खुद जाती तो कितनी जाने बच जातीं। इतने भाई यहाँ बंद हैं। किसी की देह में जान नहीं है। दो-चार दिन यही हाल रहा तो मर जाएँगे।

मोती – हाँ, यह बात तो है। अच्छा, तो ला फिर मैं भी जोर लगाता हूँ।

[मोती ने भी दीवार में सींग मारा, थोड़ी-सी मिट्टी गिरी और फिर हिम्मत बढ़ी, फिर तो वह दीवार में सींग लगाकर इस तरह जोर करने लगा, मानो किसी प्रतिद्वंदी से लड़ रहा है। आख़िर कोई दो घंटे की जोर-आजमाई के बाद दीवार ऊपर से लगभग एक हाथ गिर गई, उसने दूनी शक्ति से दूसरा धक्का मारा तो आधी दीवार गिर पड़ी। दीवार का गिरना था कि अधमरे-से पड़े हुए सभी जानवर चेत उठे, घोड़ियाँ सरपट भाग निकलीं, फिर बकरियाँ निकलीं, इसके बाद भैंस भी खसक गई, पर गधे अभी तक ज्यों-के-त्यों खड़े थे।]

हीरा – (गधों से) तुम दोनों क्यों नहीं भाग जाते?

एक गधा – जो कहीं फिर पकड़ लिए जाएँ।

हीरा – तो क्या हरज है, अभी तो भागने का अवसर है।

दूसरा गधा – हमें तो डर लगता है। हम यहीं पड़े रहेंगे।

मोती – इन गधों को छोड़ो हीरा, मेरी रस्सी खुल गयी है। तुम्हारी रस्सी लगता है बहुत मज़बूत है, खुल ही नहीं रही।

हीरा – (दुखी होकर) यदि मेरी रस्सी नहीं खुलती तुम जाओ, मुझे यहीं पड़ा रहने दो, शायद कहीं भेंट हो जाए।

मोती – (रोते हुए) तुम मुझे इतना स्वार्थी समझते हो हीरा, हम और तुम इतने दिनों एक साथ रहे हैं। आज तुम विपत्ति में पड़ गए हो तो मैं तुम्हें छोड़कर अलग हो जाऊँ?

हीरा – तुम्हारी रस्सी खुली हुई है, बहुत मार पड़ेगी, लोग समझ जाएँगे, यह तुम्हारी ही शरारत है।

मोती – (गर्व से) जिस अपराध के लिए तुम्हारे गले में बंधना पड़ा, उसके लिए अगर मुझे मार पड़े, तो क्या चिंता। इतना तो हो ही गया कि नौ-दस प्राणियों की जान बच गई, वे सब तो आशीर्वाद देंगे।

हीरा – (खुश होकर) तुम्हारे जैसा मित्र पाकर मैं धन्य हो गया।

मोती – (गधों से) हम दोनों तो नहीं भाग पा रहे, तुम भाग जाओ। क्यों अपना जीवन व्यर्थ गँवाते हो?

हीरा – हाँ! हमारी बात मानो और चले जाओ यहाँ से।

[हीरा की बात सुनकर गधे भाग जाते हैं। तभी चौकीदार और एक सहायक आते हैं।]

चौकीदार – (चौंककर) हे भगवान्! सारे जानवर भाग गए।

सहायक – देखो इस मोटे बैल की रस्सी खुली हुई है, ज़रूर इसने ही दीवार तोड़ी होगी।

चौकीदार – तुम सही कहते हो। आज इसे डंडे से ऐसा मज़ा चखाऊँगा कि आगे से ऐसा करने पर सौ बार सोचेगा।

[मोती की ख़ूब मरम्मत हुई और उसे भी मोटी रस्सी से बाँध दिया गया।]

सहायक – अब बस भी करो, तुम्हारी मार से मर गया तो और लेने के देने पड़ जायेंगे।

चौकीदार – ठीक है, तुम कहते हो तो छोड़ देता हूँ। लेकिन ख़बरदार! जो इन दोनों को घास का एक तिनका भी दिया खाने को। एक सप्ताह तक सिर्फ़ एक समय पानी देना। जब दोनों भूख से व्याकुल होंगे और इनकी ठठरियाँ निकलेंगी तब अकल ठिकाने आएगी...

[चौकीदार और सहायक चले जाते हैं। हीरा और मोती दोनों एक-दूसरे से लिपटकर सो जाते हैं। मंच पर प्रकाश कम हो जाता है।]

❑

दृश्यः आठ

[मंच पर धीरे-धीरे प्रकाश आता है। दोपहर का समय है। बाड़े के सामने कुछ लोग इकट्ठा हैं। दोनों बैल भी वहीं खड़े हैं।]

एक आदमी – कितने कमज़ोर बैल हैं, इन्हें खरीदने से भला क्या फ़ायदा?

दूसरा आदमी – हाँ भैया, ऐसे मृतक बैलों का कौन खरीददार होगा, जो खरीदते ही नुकसान झेले।

चौकीदार – ऐसी बात नहीं है, थोड़े दिन से बीमार थे इसलिए थोड़ा कमज़ोर दिख रहे हैं। वरना तो पछाहीं जाति के बैल हैं, बड़े ही हष्ट-पुष्ट हैं।

[सहसा एक दढ़ियल आदमी, जिसकी आँखें लाल थीं और मुद्रा अत्यन्त कठोर, आया और दोनों मित्र के कूल्हों में उंगली गोदकर मुंशीजी से बातें करने लगा। चेहरा देखकर अंतर्ज्ञान से दोनों मित्रों के दिल काँप उठे।]

मोती – ये आदमी तो देखने में ही कितना खतरनाक है। ये हमें इस तरह क्यों टटोल रहा है?

हीरा – (गहरी साँस छोड़कर) गया के घर से नाहक भागे, अब तो जान न बचेगी।

मोती – (दुखी स्वर में) कहते हैं, भगवान सबके ऊपर दया करते हैं, उन्हें हमारे ऊपर दया क्यों नहीं आती?

हीरा – भगवान के लिए हमारा जीना-मरना दोनों बराबर है। चलो, अच्छा ही है, कुछ दिन उसके पास तो रहेंगे। एक बार उस भगवान ने उस लड़की के रूप में हमें बचाया था। क्या अब न बचाएँगे?

मोती – यह आदमी छुरी चलाएगा, देख लेना।

हीरा – तो क्या चिंता है? माँस, खाल, सींग, हड्डी सब किसी के काम आ जाएगा।

[दोनों बैलों को दढ़ियल आदमी खरीद लेता है।]

मोती – लगता है हमारा सौदा हो गया।

हीरा – हाँ, अब भगवान् ही जाने आगे हमारा क्या होगा?

[नीलाम हो जाने के बाद दोनों मित्र उस दढ़ियल के साथ चले। दोनों की बोटी-बोटी काँप रही थी। बेचारे पाँव तक न उठा सकते थे, पर भय के मारे गिरते-पड़ते भागे जाते थे, क्योंकि वह ज़रा भी चाल धीमी हो जाने पर डंडा जमा देता था। सहसा दोनों को ऐसा मालूम हुआ कि ये तो परिचित राह है।]

हीरा – मोती, ये रास्ता तो जाना-पहचाना है।

मोती – हाँ, इसी रास्ते से तो गया हमें ले गया था। वही खेत, वही बाग।

हीरा – आह! यह लो! अपना ही हार आ गया। इसी कुएँ पर हम पुर चलाने आया करते थे, यही कुआँ है।

मोती – हमारा घर नज़दीक आ गया है।

हीरा – भगवान की दया है।

मोती – मैं तो अब घर भागता हूँ।

हीरा – यह जाने देगा?

मोती – इसे मैं मार गिराता हूँ।

हीरा – नहीं-नहीं, दौड़कर थान पर चलो। वहाँ से आगे हम न जाएँगे।

मोती – हाँ, वह हमारा थान है।

[दोनों उन्मत्त होकर बछड़ों की भाँति कुलेलें करते हुए घर की ओर दौड़े चले जाते हैं। दढ़ियल भी पीछे-पीछे दौड़ा चला जाता है। मंच पर प्रकाश कम हो जाता है।]

❑

दृश्यः नौ

[मंच पर धीरे-धीरे प्रकाश आता है। झूरी द्वार पर बैठा धूप खा रहा था। बैलों को देखते ही दौड़ा और उन्हें बारी-बारी से गले लगाने लगा। मित्रों की आँखों से आनन्द के आँसू बहने लगे।]

झूरी – (रोते हुए) मेरे प्यारे बैल, आख़िर तुम दोनों अपने घर आ ही गए।

हीरा – (मोती से) मोती, हमारा मालिक हमें भूला नहीं है।

मोती – (हीरा से) हाँ, अब हम यहाँ से कहीं नहीं जायेंगे।

[तभी दढ़ियल आदमी वहाँ आ जाता है। दढ़ियल ने आकर दोनों बैलों की रस्सियाँ पकड़ लेता है।]

दढ़ियल – ये मेरे बैल हैं।

झूरी – (रस्सी छुड़ाते हुए) मेरे बैल हैं।

दढ़ियल – तुम्हारे बैल कैसे हैं? मैं मवेसीखाने से नीलाम लिए आता हूँ।

झूरी – मैं तो समझता हूँ, चुराए लिए जाते हो! चुप से चले जाओ, मेरे बैल हैं। मैं बेचूँगा तो बिकेंगे। किसी को मेरे बैल नीलाम करने का क्या अख़्तियार हैं?

दढ़ियल – जाकर थाने में रपट कर दूँगा।

झूरी – कर दो। मेरे बैल हैं। इसका सबूत यह है कि मेरे द्वार पर खड़े हैं।

दढ़ियल – देखता हूँ कैसे नहीं देते।

[दढ़ियल झल्लाकर बैलों को ज़बरदस्ती पकड़ ले जाने के लिए बढ़ा। उसी वक्त मोती ने सींग चलाया। दढ़ियल पीछे हटा। मोती ने पीछा किया। दढ़ियल भागा। दढ़ियल दूर खड़ा धमकियाँ दे रहा था, गालियाँ निकाल रहा था, पत्थर फेंक रहा था, और मोती विजयी शूर की भाँति उसका रास्ता रोके खड़ा था। जब दढ़ियल हारकर चला गया तो मोती अकड़ता हुआ लौटा।]

हीरा – मैं तो डर गया था कि कहीं तुम गुस्से में आकर मार न बैठो।

मोती – (गर्व से) देख लेना, अब न आएगा। आएगा तो दूर से ही खबर लूँगा। देखूँ, कैसे ले जाता है।

हीरा – जो गोली मरवा दे तो ?

मोती – मर जाऊँगा, पर उसके काम न आऊँगा।

हीरा – हमारी जान को कोई जान ही नहीं समझता।

मोती – वो इसलिए क्योंकि हम इतने सीधे हैं। अब सीधे न रहेंगे।

[झूरी ने ज़रा देर में नाँदों में खली भूसा, चोकर और दाना भर दिया।]

झूरी – (दोनों को सहलाते हुए) आओ मेरे प्यारों, कुछ खा लो।

[दोनों मित्र खाने लगे। झूरी खड़ा दोनों को सहला रहा था। झूरी की पत्नी भी भीतर से दौड़ी-दौड़ी आई। उसने आकर दोनों बैलों के माथे चूम लिए।]

झुमरी – हीरा और मोती, तुम दोनों मुझे माफ कर दो। मेरी वजह से ही तुम दोनों को वहाँ भेजे गए थे। अब कभी तुम दोनों को अपने से दूर नहीं भेजूँगी।

[झूरी और उसकी पत्नी बैलों से लिपट जाते हैं। दोनों बैल ख़ुश होते हैं कि उन्हें उनका घर और मालिक दोनों फिर से मिल गए।]

[मंच पर अँधेरा छा जाता है और पर्दा गिर जाता है।]

[समाप्त]

❑

(3)

बेटी का धन

पात्र-परिचय

सुक्खू चौधरी : उम्र 55 वर्ष

झगड़ू साहू : उम्र 55-60 वर्ष

गंगाजली : उम्र 20-25 वर्ष (सुक्खू की बेटी)

पंडितजी : उम्र 50-55 वर्ष

रामधन : उम्र 50-55 वर्ष (सुक्खू का मित्र)

जीतनसिंह : उम्र 50-55 वर्ष (गाँव का ज़मींदार)

मुंशी : उम्र 55-60 वर्ष (ठाकुर का मुंशी)

दो आदमी : उम्र 35-45 वर्ष (मुसाफ़िर)

तीन आदमी : उम्र 35-50 वर्ष (गाँववाले)

साहू का नौकर : उम्र 20-25 वर्ष

दृश्यः एक

[मंच का पर्दा खुलता है और धीरे-धीरे प्रकाश आता है।]

[मंच के दाहिनी ओर पर एक नाव है, जिसमें सुक्खू चौधरी (एक बूढ़ा आदमी, धोती-कुर्ता पहने और सिर पर गमछा बाँधे) बैठा नाव चला रहा है और दो आदमी (पैंट-शर्ट पहने) उसके सामने नाव पर बैठे हैं।]

सुक्खू – महाशय! यह बेतवा नदी, दो कगारों के बीच इस तरह मुँह छिपाए हुई है, जैसे निर्मल हृदयों में सरस और उत्साह की मध्यम ज्योति छिपी रहती है। इसके एक कगार पर हमारा एक छोटा-सा गाँव बसा है, जो अपने भग्न जातीय चिह्नों के लिए बहुत ही प्रसिद्ध है। महाशय हर वर्ष जातीय गाथाओं और चिह्नों पर मर मिटने वाले लोग इस भग्न स्थान पर बड़े प्रेम और श्रद्धा के साथ आते हैं।

एक आदमी – सुना है यहाँ पहले राजा-रानी के महल भी हुआ करते थे?

सुक्खू – बिल्कुल थे। आइये मैं आपको दिखाता हूँ।

[तीनों नाव से उतरकर, मंच के दाहिनी ओर थोड़ा आगे चलते हैं।]

सुक्खू – वो देखिए, वो रानी का महल, जहाँ रानी अपनी सेविकाओं के साथ रहा करती थीं। और वहाँ से वो जो दिखाई दे रहा है न वो राजा का दरबार है। ये जो चिह्न आप देख रहे हैं

न, ये राजमहल के होने का सबूत है। कहते हैं कि यहीं पर बैठकर कुँवर साहब दरबार की ज़रूरी बैठकें किया करते थे।

दूसरा आदमी – अच्छा! फिर तो ये जगह बहुत धनवान रही होगी।

सुक्खू – (रुँधे हुए गले से) महाशय! इस स्थान की समृद्धि के तो कहने ही क्या थे? एक वह समय था कि केवटों को मछलियों के इनाम में अशर्फ़ियाँ मिलती थीं। कहार महल में झाड़ू देते हुए अशर्फ़ियाँ बटोर ले सकते थे। बेतवा नदी रोज़ बढ़कर महाराज के चरण छूने आती थी। यह प्रताप और यह तेज था, परन्तु आज इसकी यह दशा है।

एक आदमी – समय-समय की बात है। अब राजे-महाराजे का समय चला गया।

दूसरा आदमी – और मेरे ख़याल से अब हमें भी चलना चाहिए।

एक आदमी – हाँ, तुम ठीक कहते हो। चलो भाई, उस पार पहुँचा दो।

सुक्खू – जी, चलिए नाव पर बैठिये।

[तीनों फिर से नाव पर आकर बैठ जाते हैं।]

एक आदमी – चौधरी साहब, आप बड़े ही सहृदय व्यक्तित्व के मालिक हैं। घर में और कौन-कौन है आपके?

सुक्खू – महाशय, तीन लड़के, तीन बहुएँ और पौत्र-पौत्रियाँ हैं।

दूसरा आदमी – सबकी शादियाँ हो गयीं?

सुक्खू – जी, बाकि सब की तो हो गई लेकिन एक लड़की बची है– गंगाजली, जिसका अभी तक गौना नहीं हुआ है। दरअसल यह मेरी सबसे पिछली संतान थी। स्त्री के मर जाने पर मैंने इसको बकरी का दूध पिला-पिलाकर पाला है। लेकिन स्वभाव की बड़ी ही सीधी और सरल है।

एक आदमी – दिनभर में कितना कमा लेते हो?

सुक्खू – अब क्या बताऊँ महाशय, ईश्वर ने जितना बड़ा मुँह दिया, उतना बड़ा ग्रास न दिया। परिवार में खानेवाले तो इतने हैं, पर खेती सिर्फ़ एक हल की होती है। कभी-कभी आप जैसे कुछ लोगों की मेहरबानी हो जाती है। बस यूँ समझिये कि ज्यों-त्यों कर निर्वाह हो ही जाता है।

एक आदमी – आप भले मानुष हैं, ईश्वर पर विश्वास रखिये, वही पार लगाएगा।

सुक्खू – जी महाशय, लीजिये किनारा आ गया।

आदमी – (पैसे देते हुए) ये लीजिये अपना मेहनताना, अच्छा चलते हैं।

सुक्खू – (पैसे लेते हुए, हाथ जोड़कर) दया है प्रभु।

[दोनों आदमी चले जाते हैं। मंच पर प्रकाश कम हो जाता है।]

❑

दृश्यः दो

[मंच पर धीरे-धीरे प्रकाश आता है। गाँव की चौपाल पर झगड़ू साहू और तीन-चार लोग बैठे हैं]

एक आदमी – भाई जो भी कहो, सुक्खू चौधरी की धाक रहती है आने वाले मुसाफ़िरों पर।

दूसरा आदमी – सही कहते हो भैया, सुक्खू चौधरी के पुरातत्व-ज्ञान को कोई भला चुनौती दे सकता है? बेताव नदी और यहाँ के खंडरों के बारे में जितना ज्ञान सुक्खू चौधरी को है, उतना शायद ही किसी गाँववाले को होगा।

तीसरा आदमी – उस ज्ञान की वजह से ही तो सुक्खू का बड़े-बड़े लोगों में उठना-बैठना है।

झगड़ू साहू – (मुँह बिगाड़कर) हम्म, काहे का ज्ञान? पुराने बुजुर्गों से जो बातें सुनी-सुनाई हैं, बस उन्हीं बातों का ढोल पीटता फिरता है। अरे ये राजा-रानियों के क़िस्से तो हर कोई जानता है।

एक आदमी – ऐसी बात नहीं है झगड़ू साहू, ज्ञान अपनी जगह है और क़िस्से जानना अपनी जगह है।

दूसरा आदमी – सही कहा भैया, क़िस्से तो तुम भी जानते होगे साहू, फिर तुम क्यों नहीं मुसाफ़िरों को सैर कराते?

झगड़ू साहू – (हड़बड़ाकर) अरे! ये भी कोई काम हुआ, इधर-उधर नाव में घूम-घूमकर गाल बजाना। मेरे पास तो सौइयों काम होते हैं।

तीसरा आदमी – (खिल्ली उड़ाते हुए) असल बात तो कुछ और ही है साहू। सुक्खू जब हाकिमों से हाथ फेंक-फेंककर बातें करने लगता है और खंडहरों को घुमा-फिराकर दिखाने लगता है, तो तुम गाँव में उसकी मान-प्रतिष्ठा देखकर अन्दर ही अन्दर जलभुन कर राख हो जाते हो। मन तो तुम्हारा भी बहुत करता है अपनी साहुगिरी दिखाने का लेकिन तुम, चपरासियों के धक्के खाने के डर से करीब भी नहीं फटकते, तड़प-तड़प कर रह जाते हो।

[सभी लोग ठहाका मारकर हँसते हैं।]

झगड़ू साहू – (चिढ़कर) ऐसी कोई बात नहीं है। सुक्खू से भला मैं क्यों जलने लगा? उसके पास सिर्फ़ ज्ञान है, लेकिन मेरे पास ज्ञान और धन दोनों हैं। मैं क्या किसी बात में उससे पीछे हूँ।

तीसरा आदमी – धन के बारे में तो सब जानते हैं साहू। इसीलिए तो तुम सदा उस शुभ अवसर की प्रतीक्षा करते रहते थे, जब गाँववालों पर अपने धन द्वारा प्रभुत्व जमा सको।

दूसरा आदमी – (ठहाका लगाते हुए) अरे सही है भैया, साहुगिरी कहीं तो चले।

[सुक्खू का आगमन।]

सुक्खू – अरे भाई, क्या बातें हो रहीं हैं, बड़े ठहाके लगाये जा रहे हैं।

एक आदमी – अरे! सुक्खू चौधरी, आओ आओ बैठो। भई, तुम्हारे बिना ठहाकों में रस कहाँ?

सुक्खू – झगड़ू साहू, क्या हुआ? तुम क्यों उदास दिख रहे हो?

झगड़ू साहू – कोई बात नहीं, बस यूँ ही।

एक आदमी – (गाना-गाता है) अरे जिगरवा में चले कटरिया, घायल भये सजनवा।

[सब हँसते हैं।]

एक आदमी – सुक्खू चौधरी, तुम तो बड़े ही मान-प्रतिष्ठा वाले आदमी हो। तुम्हारी तो बड़े-बड़े बाबुओं तक पहुँच है। फिर तुम सबका कल्याण क्यों नहीं करते?

सुक्खू – मतलब मैं कुछ समझा नहीं!

दूसरा आदमी – इसमें न समझने वाली बात कौन सी है भैया? तुम तो जानते ही हो, इस गाँव के ज़मींदार ठाकुर जीतनसिंह ने गाँववालों की नाकों में दम कर रखा है।

तीसरा आदमी – हाँ भैया, ज़मींदार की बेगार कर-करके परेशान हो चुके हैं। काम पूरा लेता है और मजूरी देने का नाम नहीं लेता।

एक आदमी – सही बात, मजूरी माँगने जाओ तो उसके लठैत आड़े आ जाते हैं। आदमी काम भी करे, मजूरी भी न ले और हड्डियाँ तुड़वाये सो अलग।

तीसरा आदमी – सुक्खू चौधरी, पूरे गाँव में एक तुम ही हो, जो जीतनसिंह को सबक सिखा सकते हो।

सुक्खू – (चौंककर) मैं! भला मैं कैसे?

एक आदमी – सुना है, आज पुरातन चिह्नों की सैर करने के लिए जिला मजिस्ट्रेट साहब आने वाले हैं।

सुक्खू – तो?

दूसरा आदमी – तो भैया, तुम ही मजिस्ट्रेट साहब से जीतनसिंह की शिकायत क्यों नहीं करते? आख़िर हमारा गाँव उनके जिले में आता है। गाँव की परेशानियों को हल करना और न्याय दिलाना तो मजिस्ट्रेट का ही काम होता है।

झगड़ू साहू – तुम लोगों को मालूम भी है कि जीतनसिंह से रार मचाना, सिंह के मुँह में सिर देना है। फिर भी क्यों अपनी जान जोख़िम में डालना चाहते हो?

सुक्खू – बात तो झगड़ू साहू की बिल्कुल ठीक है।

एक आदमी – सुक्खू चौधरी, तुम्हें जीतनसिंह का डर क्यों होने लगा? तुम्हारी मित्रता तो बहुत ही बड़े-बड़े लोगों के साथ है, फिर तुम्हें डर कैसा?

दूसरा आदमी – हाँ चौधरी, तुम्हारी ऊँचे लोगों से मित्रता किस दिन काम आएगी?

तीसरा आदमी – चौधरी, महापुरुषों ने भी कहा है– परोपकाराय सताम् विभूतय:!

दूसरा आदमी – सुक्खू चौधरी अब एक तुम ही हो जो सबका भला कर सकते हो। वैसे पूरे गाँव में तुम ही हो जिसे हाकिमों से वार्तालाप करने में तनिक भी भय न होता है।

एक आदमी – (झगड़ू साहू की ओर देखकर) वरना कुछ लोग तो करीब जाने में ही काँपते हैं।

झगड़ू साहू – (चिढ़कर) मैं फिर कहे देता हूँ, तुम लोग गलती कर रहे हो। जीतनसिंह से वैर ठीक न होगा।

तीसरा आदमी – तुम चुप करो साहू, कभी न कभी तो आवाज़ उठानी ही होगी, भला कब तक सहेंगे?

झगड़ू साहू – ठीक है, जो तुम्हारी मरजी।

[झगड़ू साहू चला जाता है।]

एक आदमी – सुक्खू चौधरी, तुम साहू की बात पर ध्यान न दो। ये तो तुमसे जलन के कारण ही ऐसा कह रहा है। अब तो बस तुम्हारा ही सहारा है।

सुक्खू – (अभिमान से) आप लोग चिंता न करें। मैं आज ही मजिस्ट्रेट साहब से बात करूँगा। मैं भी देखता हूँ कि जीतनसिंह अब कैसे गाँववालों से बेगार करवाता है।

तीनों आदमी – सुक्खू चौधरी की जय हो!

[मंच पर प्रकाश कम हो जाता है।]

❑

दृश्यः तीन

[मंच पर धीरे-धीरे प्रकाश आता है। जीतनसिंह अपने घर में बैठा है। उसके साथ झगड़ू साहू भी बैठा है।]

झगड़ू साहू – क्या बात ज़मींदार जी, बड़े ही चिंतित दिखाई दे रहे हो?

जीतनसिंह – क्या बताऊँ साहू, आज जिला मजिस्ट्रेट ने बुला लिया। मजिस्ट्रेट कहता है कि गाँववालों पर अत्याचार करता हूँ, उनसे बेगार करवाता हूँ। मेरे ख़िलाफ़ शिकायतें आई हैं। मुझे जल्द-से-जल्द उत्तर देने को कहा है। न जाने किस बेईमान ने मेरे ख़िलाफ़ मजिस्ट्रेट के कान भरे हैं? एक बार पता चल जाए तो बोटी-बोटी खींच लूँ।

झगड़ू साहू – अब कोई होगा गाँव का ही आदमी, जिसे गाँववालों ने अपना देवता मान रखा होगा।

जीतनसिंह – गाँव में किसकी इतनी हिम्मत जो मुझसे वैर मोल ले।

झगड़ू साहू – अजी, हिम्मत तो उसी की हो सकती है जिसका हकीमों के साथ उठना-बैठना हो।

जीतनसिंह – क्या मतलब?

झगड़ू साहू – मतलब साफ है ज़मींदार जी, सुक्खू चौधरी के अलावा इस गाँव में भला और कौन है जो ये हिमाकत कर सके।

जीतनसिंह – अच्छा, तो ये सब सुक्खू का किया हुआ है।

झगड़ू साहू – हाँ, कुछ दो–चार गाँववालों के कहने पर उसी ने मजिस्ट्रेट के सामने गाँववालों का दुखड़ा रोया था। जिसकी वजह से मजिस्ट्रेट ने आपको तलब किया है।

जीतनसिंह – तुमने उसे रोका नहीं?

झगड़ू साहू – अजी मैंने तो बहुत समझाया था लेकिन विनाशकाले विपरीत बुद्धि। भला मेरी कोई सुनने को राजी हुआ हो तब ना। मुझे तो आपकी फ़िकर थी इसीलिए सीधा आपको बताने के लिए यहाँ चला आया।

जीतनसिंह – (क्रोध से) ये दुश्मनी सुक्खू को बड़ी महँगी पड़ेगी, तुम देखना। मुंशी जी, ओ मुंशी जी। इधर आइये।

[मुंशी जी (एक अधेड़ उम्र का आदमी) का आगमन।]

मुंशी – आपने बुलाया सरकार?

जीतनसिंह – ज़रा सुक्खू चौधरी के नाम की बकाया लगान के बही तो देना।

मुंशी – अभी देता हूँ हुज़ूर।

[मुंशी बही लेकर आता है।]

मुंशी – ये लीजिये सरकार।

जीतनसिंह – (हँसते हुए) झगड़ू साहू, अब आएगा ऊँट पहाड़ के नीचे।

झगड़ू साहू – मैं कुछ समझा नहीं।

जीतनसिंह – ये देखो, बही में सुक्खू चौधरी के जिम्मे इस साल का कुछ लगान बाकी है। इस लगान के ज़रिये ही उसकी नाक में ऐसी नकेल डालूँगा कि याद रखेगा।

झगड़ू साहू – ये अच्छा है, अब फँसेगा बच्चू।

जीतनसिंह – मुंशी जी, आज ही सुक्खू पर बकाया लगान की नालिश ठुकवाकर सम्मन पहुँचा दो। और कल ही पेशी की तारीख़ भी पड़ जानी चाहिए। ताकि उसे अवसर ही न प्राप्त हो।

मुंशी – लेकिन सरकार इतनी जल्दी पेशी?

जीतनसिंह – तभी तो आनंद आएगा। कचहरी यहाँ से तीन मील पर है। बरसात के दिन हैं, रास्ते में ठौर-ठौर पानी और उमड़ी हुई नदियाँ हैं। कचहरी तक का रास्ता भी कच्चा है। ऐसे रास्ते पर आदमी तो क्या बैलगाड़ी का भी निबाह नहीं हो पायेगा। जब सुक्खू कल पेशी पर पहुँच ही नहीं पायेगा तो फ़ैसला अपने आप मेरे हक में आयेगा।

मुंशी – जी हुजूर।

जीतनसिंह – एक बात और, अपने सभी सहनों से कह दो कि जिस-जिस पर भी बकाया है उनसे वसूली के लिए जायें, पूरे गाँव में चील की तरह मंडरायें, जो न दे उसे पकड़कर यहाँ लेकर आयें। इन गाँववालों को उनके किये की सज़ा तो मिलनी ही चाहिए।

मुंशी – जी सरकार, जैसा आप कहें।

जीतनसिंह – अब देखना साहू, सुक्खू कैसे अपनी नाक रगड़ता है।

झगड़ू साहू – जैसी करनी वैसी भरनी।

[दोनों मिलकर जोर से हँसते हैं। मंच पर प्रकाश कम हो जाता है।]

❑

दृश्यः चार

[मंच पर धीरे-धीरे प्रकाश आता है। गाँव की चौपाल पर वही तीन लोग बैठे हैं। तभी सुक्खू वहाँ आता है।]

एक आदमी – सुक्खू चौधरी क्या हुआ?

सुक्खू – जीतनसिंह ने सम्मान भेजा है।

दूसरा आदमी – सम्मान वो क्यूँ भला?

सुक्खू – ज़मींदार से पिछले साल कर्ज़ा लिया था, उसी का लगान थोड़ा बाकी है।

तीसरा आदमी – तो अब तक चुकाया क्यों नहीं?

सुक्खू – सोचा था साल लगते ही दे दूँगा लेकिन संयोगवश कुछ तो पैदावार कम हुई, और उस पर गंगाजली का ब्याह करना पड़ा। फिर कुछ रुपया जमा किया तो छोटी बहू नथ की रट लगाए हुए थी, वह बनवानी पड़ी। बस इन सब खर्चों ने हाथ बिल्कुल खाली कर दिया।

एक आदमी – ये सब उस झगड़ू का किया धरा है। उसी ने ठाकुर से लगी-बुझी की है।

दूसरा आदमी – हाँ, मजिस्ट्रेट से ठाकुर की जो शिकायत करी थी, ये सब उसी का नतीजा है।

तीसरा आदमी – अब क्या सोचा है सुक्खू तुमने?

सुक्खू – वही तो समझ नहीं आता भैया, क्या तुम लोग मेरी थोड़ी मदद कर सकते हो?

एक आदमी – अरे चौधरी, यहाँ पहले से ही बुरा हाल है। शिकायत के चक्कर में पूरा गाँव ठाकुर की अति सह रहा है।

दूसरा आदमी – हाँ भैया, ठाकुर के सहने पूरे गाँव में चील की तरह मंडरा रहे हैं। जिस-जिस पर भी बकाया है, सबसे वसूली की जा रही है।

तीसरा आदमी – भैया, अगर हमारे पास होता तो हम ज़रूर मदद करते। लेकिन अभी तो कुछ भी नहीं है।

सुक्खू – फिर तो बस एक ही उपाय है।

एक आदमी – वो क्या?

सुक्खू – ईश्वर प्रदत्त ये जबान। अब जिस जबान में हाकिमों को प्रसन्न करने की शक्ति है। क्या वह ठाकुर को अपना लक्ष्य न बना सकेगी? मुझे भरोसा है, ठाकुर मेरी बात ज़रूर मान लेगा।

एक आदमी – ये बहुत सही कही भैया। तुम तो जिसे चाहो उसे अपना कायल बना सकते हो।

दूसरा आदमी – भैया अगर अपना लगान माफ करवा सको तो हमारा भी करवा देना।

तीसरा आदमी – हाँ चौधरी, बस एक तुमसे ही आस रहती है।

सुक्खू – चिंता न करो, मैं कल ही ठाकुर से जाकर मिलता हूँ। अच्छा चलता हूँ।

[सुक्खू चला जाता है। मंच पर प्रकाश कम हो जाता है।]

❑

दृश्यः पाँच

[मंच पर धीरे-धीरे प्रकाश आता है। सुक्खू अपने घर पर एक चारपाई पर उदास बैठा है। उसके हाथ में कुर्की का नोटिस है।]

सुक्खू – (रोते हुए) हे भगवान, ये कैसा अन्याय है? क्या मेरे जीते-जी ही घर मिट्टी में मिल जाएगा? मेरे इन बैलों की सुन्दर जोड़ी के गले में, आह! क्या दूसरों का जुआ पड़ेगा?

[सुक्खू के मित्र रामधन का आगमन।]

रामधन – क्या हुआ मित्र, रो क्यूँ रहे हो?

सुक्खू – ये देखो, कुर्की का नोटिस आया है। मेरी तो समझ में नहीं आता कि क्या करूँ?

रामधन – परेशान मत हो, कोई न कोई समाधान अवश्य निकलेगा।

सुक्खू – समाधान तो सोचा था, कि ठाकुर पर अपनी बातों का जादू चला दूँगा लेकिन सम्मान के दूसरे दिन ही पेशी की तारीख़ पड़ गई और ठाकुर पर अपना जादू चलाने का अवसर ही न मिला। मेरी सारी चतुराई धरी रह गयी।

रामधन – गाँव में किसी से मदद नहीं माँगी?

सुक्खू – जिन लोगों के बढ़ावे में आकर मैंने ठाकुर से छेड़छाड़ की थी, अब उनका दर्शन मिलना दुर्लभ हो गया है। सब ने हाथ झाड़ लिया।

रामधन – मेरे पास होता मित्र, तो मैं तुम्हारी मदद ज़रूर करता लेकिन तुम तो जानते हो कि इस बार बारिश में मेरी सारी फ़सल खराब हो गयी।

सुक्खू – सब ईश्वर की लीला है।

रामधन – रोओ नहीं, धीरज से काम लो।

सुक्खू – (फूट-फूटकर रोते हुए) धीरज ही तो नहीं मिल रहा। मित्र कुर्की हुई तो क्या हमको इस घर से निकलना पड़ेगा? यह पूर्वजों की निशानी क्या हमारे जीते-जी छिन जाएगी?

रामधन – ऐसा क्यों सोचते हो सुक्खू?

सुक्खू – रामधन, देखो मेरे बेटे-बहुयें, पौत्र-पुत्रियाँ सब बेघर हुए जाते हैं। और तो और मेरे इन बैलों की दशा तो देखो, ये नाँद में मुँह नहीं डालते! लगता है इनके हृदयपर भी अपने स्वामी के दु:ख की चोट पहुँच रही है। बैलों की आँखों से आँसू रुकने का नाम नहीं ले रहे।

रामधन – जी न दुखाओ मित्र।

सुक्खू – जी तो दुखेगा रामधन, इस घर को मैंने बड़े जतन से बनाया था।

रामधन – सुक्खू, तुम्हारी बहुओं के पास तो जेवर-लत्ते होंगे। उनसे मदद क्यों नहीं माँगते?

सुक्खू – (बेचैन होकर) तुम तो जानते हो, स्त्री का गहना ऊख का रस है, जो पेरने से ही निकलता है। वैसे भी मैं जाति का ओछा हूँ पर स्वभाव का ओछा नहीं हूँ। ऐसी नीच बात बहुओं से कहते संकोच होता है। कदाचित् यह नीच विचार तो मेरे हृदय में उत्पन्न भी नहीं होना चाहिए।

रामधन – लेकिन अपने बेटों से तो कह सकते हो।

सुक्खू – मेरे तीनों बेटे यदि ज़रा भी बुद्धि से काम लेते, तो मुझ बूढ़े को देवताओं की शरण लेने की आवश्यकता न होती। परन्तु

यहाँ तो बात ही निराली है। बड़े लड़के को घाट के काम से फ़ुर्सत न है। बाकी दो लड़के तो इस जटिल प्रश्न को विचित्र रूप से हल करने के मंसूबे बाँध रहे हैं।

रामधन – मतलब?

सुक्खू – मझले बेटे झींगुर से पूछा तो उसने कहा–"ऊँह! इस गाँव में क्या धरा है। जहाँ भी कमाऊँगा, वही खाऊँगा। पर जीतनसिंह की मूँछे एक-एक करके चुन लूँगा।"

रामधन – और छोटे ने क्या कहा?

सुक्खू – छोटे फक्कड़ ने भी ऐंठकर कहा कि "मूँछे तुम चुन लेना। नाक मैं उड़ा दूँगा। नककटा बना घूमेगा।" छोटे की इस बात पर दोनों भाई ख़ूब हँसे और मछली मारने चले गए। तीनों से कोई उम्मीद नहीं है। अब तो बस महादेव का ही सहारा है।

रामधन – सुक्खू! जब परीक्षा का समय आता है, तो कुछ लोग परीक्षा में दृढ़ रहते हैं और कुछ लोग उसकी हल्की-सी आँच भी नहीं सह सकते। लेकिन मेरे दोस्त, तुम दृढ़ रहने वाले लोगों में से हो। तुम इतनी जल्दी हार मत मानो। तुम ज़रूर कोई रास्ता निकाल लोगे।

[रामधन की बात सुनते ही सुक्खू की आँख भर आती है। वह रामधन से लिपट कर रोने लगता है। मंच पर प्रकाश कम हो जाता है।]

❑

दृश्य: छह

[मंच पर धीरे-धीरे प्रकाश आता है। सुक्खू अपने घर में चारपाई पर बैठा ईश्वर का भजन कर रहा है। तभी गाँव के पंडितजी उसके यहाँ आते हैं।]

सुक्खू – (हाथ जोड़कर) हे ईश्वर, कहाँ गए तुम कृष्ण मुरारी, मेरे दु:ख हरो। हे जगन्नाथ!

[प्रार्थना करके सुक्खू चारपाई पर लेट जाता है। तभी पंडितज़ी आते हैं।]

पंडित – चौधरी!

सुक्खू – (उठते हुए) राम-राम पंडितजी, आप यहाँ।

पंडित – हाँ, ज़मींदार के गुप्तचरों की आँख बचाकर आया हूँ। तुम्हें तो मालूम है ज़मींदार ने पूरे गाँव पर सख़्त पहरा बिठा रखा है।

सुक्खू – कहें देवता, कैसे आना हुआ?

पंडित – सुक्खू, इतने दिन तुम्हारी नाव में जजमानों के यहाँ आता-जाता रहा हूँ। तुमने आजतक मुझसे एक पैसा न लिया। तुम्हारी दशा मुझसे देखी नहीं जाती, सहानुभूतिवश चला आया।

सुक्खू – मेरा सौभाग्य है भगवन, जो आप यहाँ पधारे हैं।

पंडित – सुक्खू चौधरी! कल ही तक मियाद है और तुम अभी तक पड़े-पड़े सो रहे हो। क्यों नहीं घर की चीज़-वस्तु

ढूँढ़-ढाँढ़कर किसी और जगह भेज देते? न हो समधियाने पठवा दो। जो कुछ बचा रहे, वही सही। घर की मिट्टी खोदकर थोड़े ही कोई ले जाएगा।

सुक्खू – जो कुछ उसकी इच्छा है, होगा। मुझसे यह जाल न होगा।

पंडित – ईश्वर पर भरोसा अच्छी बात है लेकिन कर्म तो खुद करना पड़ता है।

सुक्खू – पंडितजी, कई दिन की निरंतर भक्ति उपासना के कारण अब मेरा मन शुद्ध और पवित्र हो गया है। न जाने क्यों अब छल-प्रपंच से घृणा उत्पन्न हो गयी है। मुझे तो अब बस ईश्वरेच्छा पर ही भरोसा है।

पंडित – और तुम्हारा परिवार?

सुक्खू – उन लोगों को शायद ईश्वरेच्छा पर इतना भरोसा नहीं है। तभी तो देखिये, धीरे-धीरे घर के बर्तन-भाड़े खिसकाये जाते हैं।

पंडित – लेकिन तुम ऐसे कब तक रहोगे? मैं तो तुम्हारे भले के लिए ही कहता हूँ।

सुक्खू – पंडितजी घर में अब बचा क्या है बचाने को? अनाज का एक दाना भी घर में न रहने पाया है। रात को नाव लदी हुई जाती और उधर से खाली लौटती है। तीन दिन से घर में चूल्हा भी न जला है।

पंडित – तो क्या दिन से घर में किसी ने कुछ न खाया है?

सुक्खू – सबकी बात नहीं कर रहा। घर की स्त्रियाँ भाड़ से चने भुनाकर चबातीं हैं और लड़के मछलियाँ भून-भूनकर उड़ाते हैं। बस इस बूढ़े चौधरी के मुँह में अन्न की कौन कहे, पानी की एक बूँद भी न पड़ी है। परन्तु बूढ़े की इस एकादशी में कोई शरीक नहीं है, सिवाय मेरी बेटी गंगाजली के। वह बेचारी अपने इस बूढ़े बाप को चारपाई पर निर्जल छटपटाते देख, बिलख-बिलख कर रोती है।

पंडित – हाँ चौधरी, लड़कों को अपने माता-पिता से वह प्रेम नहीं होता, जो लड़कियों को होता है। बेचारी मासूम लेकिन ऐसे कब तक रहेगी?

सुक्खू – ये तो ईश्वर ही जानता है। जैसी प्रभु की इच्छा।

पंडित – ठीक है चौधरी, जो तुम्हें उचित लगे वही करो। मैं चलता हूँ।

[पुजारी जी, सुक्खू चौधरी के पास से उठकर चले जाते हैं। चौधरी फिर उच्च स्वर से अपने सोए देवताओं को पुकारने लगता है। तभी गंगाजली सुक्खू की चारपाई के पास जाकर चुपचाप खड़ी हो जाती है।]

गंगाजली – (अपने-आप से) क्या करूँ, दादा की किस भाँति सहायता करूँ। यदि हम सब भाई-बहन मिलकर जीतनसिंह के पास जाकर दया-भिक्षा की प्रार्थना करें, तो वे अवश्य मान जाएँगे; परन्तु दादा को कब यह स्वीकार होगा? वह यदि एक बड़े साहब के पास चले जाए तो सब कुछ बात-की-बात में बन जाए। किन्तु उनकी तो जैसे बुद्धि मारी गई है। अब तो बस एक ही उपाय है।

सुक्खू – हर-हर महादेव! हे कृष्ण मुरारी।

गंगाजली – दादा!

सुक्खू – (विस्मित स्वर में) क्यों बेटी! इतनी रात गए क्यों बाहर आयी!

गंगाजली – बाहर रहना तो भाग्य में लिखा है, घर में कैसे रहूँ!

सुक्खू – तू भी कह ले जो तेरे मन में हो। आ बैठ जा।

गंगाजली – दादा, भजन गाते तो आज तीन दिन हो गए। घर बचाने का कुछ उपाय सोचा कि इसे यों ही मिट्टी में मिला दोगे? हम लोगों को क्या पेड़-तले रखोगे?

सुक्खू – (व्यथित स्वर में) बेटी मुझे तो कोई उपाय नहीं सूझता। भगवान् जो चाहेंगे होगा, वेग चलो गिरधर गोपाल, काहे विलंब करो।

गंगाजली – मैंने एक उपाय सोचा है, कहो तो कहूँ।

सुक्खू – कौन उपाय है बेटी?

गंगाजली – मेरे गहने झगड़ू साहू के यहाँ गिरों रख दो। मैंने जोड़ लिया है। देने भर के रुपये हो जाएँगे।

सुक्खू – (ठंडी साँस लेकर) बेटी! तुमको मुझसे यह कहते लाज नहीं आती? वेद-शास्त्र में मुझे तुम्हारे गाँव के कुएँ का पानी पीना भी मना है। तुम्हारी ड्योढ़ी में पैर रखने का निषेध है। क्या तुम मुझे नरक में ढकेलना चाहती हो?

गंगाजली – मैं अपने गहने तुम्हें दिये थोड़े ही देती हूँ। इस समय लेकर काम चलाओ, चैत में छुड़ा देना।

सुक्खू – (कड़ककर) यह मुझसे न होगा।

गंगाजली – तुमसे यह न होगा, तो मैं आप ही जाऊँगी मुझसे घर की यह दुर्दशा नहीं देखी जाती।

सुक्खू – (झुँझलाकर) बिरादरी को कौन मुँह दिखाऊँगा?

गंगाजली – (चिढ़कर) बिरादरी में कौन ढिंढोरा पीटने जाता है?

सुक्खू – जग हँसाई के लिए मैं अपना धर्म न बिगाड़ूँगा।

गंगाजली – (बिगड़कर) मेरी बात नहीं मानोगे तो तुम्हारे ऊपर मेरी हत्या पड़ेगी। मैं आज ही बेतवा नदी में कूद पड़ूँगी। तुमसे चाहे घर में आग लगाते देखा जाय, पर मुझसे न देखा जाएगा।

सुक्खू – बेटी, मेरा धर्म नाश मत करो। यदि ऐसा ही है, तो अपनी किसी भावज के गहने माँगकर लाओ।

गंगाजली – (गंभीर स्वर में) भावजों से कौन अपना मुँह नुचवाने जाएगा? उनको फिकर होती, तो क्या मुँह में दही जमा रखती, कहती नहीं?

सुक्खू – हाँ बेटी, इस घर के बहु-बेटों ने तो बेशर्मी लाद ली है।

गंगाजली – दादा, आपको मेरी सौगंध है जो न किया तो...।

सुक्खू – ये कैसे धर्मसंकट में डाल दिया तूने मुझे। ठीक है, जैसी तेरी इच्छा।

गंगाजली – मैं अभी गहने लायी।

[गंगाजली गहने लेने अन्दर चली जाती है।]

सुक्खू – (आसमान की ओर देखकर) हाय राम! इस शरीर की क्या गति लिखी है।

[गंगाजली हाथ में एक पोटली लेकर आती है।]

गंगाजली – दादा, ये मेरे सारे गहने हैं। इन्हें जल्दी से साहू के यहाँ गिरों रख आओ।

सुक्खू – (रोते हुए) बेटी, ज़रूर मैंने पिछले जनम में कुछ पुण्य किये होंगे जो तेरी जैसी बेटी पाई। मगर तूने ज़रूर कुछ पाप किये होंगे जो मेरे जैसा पापी पिता तुझे मिला। मुझसे ज़्यादा अभागा इस दुनिया में और कौन होगा जो बेटी का धन गिरों रखने जा रहा है। मुझे तो नरक में भी जगह न मिलेगी।

[सुक्खू और गंगाजली, दोनों बिलख-बिलखकर रोने लगते हैं। मंच पर प्रकाश कम हो जाता है।]

❑

दृश्यः सात

[मंच पर धीरे-धीरे प्रकाश आता है। रात का समय है। झगड़ू साहू, अपनी बैठक में हैं, धागे की कमानी की एक मोटी ऐनक लगाए, बही-खाता फैलाए हुक्का पी रहे हैं। उनका नौकर पास में खड़ा है।]

झगड़ू साहू – (कुछ पढ़ते हुए) क्या लिखा है, कुछ समझ ही नहीं आ रहा।

नौकर – मालिक, आप बार-बार ऐनक को साफ करते हैं और आँख मलते हैं। लगता है आपको पढ़ने में परेशानी हो रही है। अगर आप कहें तो दिए की बत्ती दोहरी कर दूँ?

झगड़ू साहू – नहीं, दोहरी बत्ती लगाना उचित नहीं, तेल का अपव्यय होगा।

नौकर – जी मालिक।

[बाहर से सुक्खू की आवाज़ आती है।]

सुक्खू – जय रामजी! साहू जी।

झगड़ू साहू – देखो तो कौन है?

नौकर – (बाहर देखकर) जी सुक्खू चौधरी आये हैं।

झगड़ू साहू – अच्छा, उन्हें भीतर लाओ।

[सुक्खू अन्दर आता है।]

झगड़ू साहू – जय रामजी चौधरी! कहो, मुकदमें में क्या हुआ? यह लेन-देन बड़े झंझट का काम है। दिन-भर सिर उठाये छुट्टी नहीं मिलती।

सुक्खू – अभी तक तो कुछ नहीं हुआ। कल इजराय डिगरी होनेवाली है। ठाकुर साहब ने न जाने कब का बैर निकाला है।

झगड़ू साहू – मैंने तो पहले ही कहा था, शेर के मुँह में हाथ मत डालो, तुमने ही न सुनी।

सुक्खू – मति मारी गयी थी जो गाँववालों के बहकावे में आ गया।

झगड़ू साहू – तो डिगरी रुकवा लेते, तुम्हारी तो बहुत पहुँच है।

सुक्खू – हमको दो-तीन दिन की भी मुहलत होती, तो डिगरी न जारी होने पाती। छोटे साहब और बड़े साहब दोनों हमको अच्छी तरह जानते हैं। अभी इसी साल मैंने उनसे नदी-किनारे घंटों बातें कीं, किंतु एक तो बरसात के दिन, दूसरे एक दिन की भी मुहलत नहीं, क्या करता।

झगड़ू साहू – तो अब इस समय यहाँ आने का क्या औचित्य है?

सुक्खू – इस समय मुझे रुपयों की चिंता है।

झगड़ू साहू – (हँसते हुए) तुमको रुपयों की चिंता! घर में भरा है, वह किस दिन काम आवेगा।

सुक्खू – घर में होता तो फिर क्या बात थी।

झगड़ू साहू – सारा गाँव जानता है कि तुम्हारे घर में लक्ष्मी महारानी का अखंड राज्य है।

सुक्खू – क्यों मज़ाक करते हो साहू जी। रुपया होता तो किस बात की चिंता थी? तुमसे कौन छिपावे? आज तीन दिन से घर में चूल्हा नहीं जला, रोना-पीटना पड़ा है।

झगड़ू साहू – विश्वास नहीं होता चौधरी।

सुक्खू – साहूजी! विश्वास करो या न करो लेकिन सच तो यही है कि अब तो तुम्हारे बसाए बसूँगा। वरना ठाकुर साहब ने तो उजाड़ने में कोई कसर न छोड़ी।

झगड़ू साहू – क्या कहें चौधरी जी, खर्च के मारे आजकल हम भी तबाह हैं। लेहने वसूल नहीं होते। टैक्स का रुपया देना पड़ा। हाथ बिल्कुल खाली हो गया।

सुक्खू – बड़ी आस लेकर आया हूँ।

झगड़ू साहू – तुम्हारे लड़कों ने तुम्हारी कुछ भी मदद न की। वह सब भी तो कुछ-न-कुछ कमाते हैं?

सुक्खू – (दुखी होकर) भाई, लड़के किसी काम के होते तो यह दिन ही क्यों देखना पड़ता? उन्हें तो अपने भोग-विलास से मतलब हैं। घर-गृहस्थी का बोझ मेरे सिर पर है। मैं इसे जैसे चाहूँ सँभालू। उनसे कुछ सरोकार नहीं, मरते दम भी गला नहीं छूटता। मरूँगा तो सब खाल में भूसा भराकर रख छोड़ेंगे। गृह कारज नाना जंजाला।

झगड़ू साहू – क्या बहुओं से भी कुछ न बन पड़ा ?

सुक्खू – बहू-बेटे सब अपनी-अपनी मौज़ में मस्त हैं। मैं तीन दिन तक द्वार पर बिना अन्न-जल के पड़ा था, किसी ने बात तक भी नहीं पूछी। कहाँ की सलाह, कहाँ की बातचीत। बहुओं के पास रुपये नहीं, पर गहने तो है, वे भी मेरे बनवाए हुए। दुर्दिन के समय यदि दो-दो थान उतार देतीं, तो क्या मैं छुड़ा न देता? सदा यही दिन थोड़े ही रहेंगे।

झगड़ू साहू – तुम्हारे घर के लोग भी अनूठे हैं। क्या इतना भी नहीं जानते कि बूढ़ा रुपये कहाँ से लाएगा?

सुक्खू – अब क्या कहूँ?

झगड़ू साहू – कहना क्या, जब घरवालों को इसकी कोई फ़िक्र नहीं, तो तुम क्यों व्यर्थ जान देते हो? यही न होगा कि लोग हँसेंगे। यह लाज कहाँ तक निबाहोगे?

सुक्खू – साहूजी, यह लाज तो मारे डालती है। तुमसे क्या छिपा है? एक दिन था कि हमारे दादा-बाबा महाराज की सवारी के साथ चलते थे और अब एक दिन यह है कि घर की दीवार तक बिकने की नौबत आ गई है। कहीं मुँह दिखाने को भी जी नहीं चाहता।

झगड़ू साहू – सब समय का फेर है चौधरी। पहले तो ये बताओ कि तुम्हें कितना रुपया चाहिए?

सुक्खू – सौ रुपये कि डिगरी है। खर्च-वर्च मिलाकर दो सौ के लगभग समझो।

झगड़ू साहू – देखो चौधरी, महज जबान का सौदा तो मैं भूल कर भी न करता हूँ। अब समय बदल गया हैं। या तो कुछ जायदाद लिखो या गहने गिरों रखो, तब जाकर कहीं रुपया मिले। इसके बिना रुपये कहाँ? इसमें भी जायदाद में सैकड़ों बखेड़े पड़े हैं। सुभीता गिरों रखने में ही है।

सुक्खू – यह लो गहनों की पोटली।

झगड़ू साहू – गहने लाये हो तो फिर रुपया देने में मुझे भला क्या परेशानी। लेकिन तुम रुपये लेने सवेरे भी तो आ सकते थे, इतनी रात गए क्यों आये?

सुक्खू – पाप की गठरी लिये भला दिन में किस मुँह से आता।

झगड़ू साहू – (आश्चर्य से) पाप की गठरी! यह गहने किसके हैं ?

सुक्खू – मेरी बेटी गंगाजली के।

झगड़ू साहू – (विस्मित होकर)। अरे! राम-राम! तुम्हारे अन्दर लोकलज्जा है या नहीं?

सुक्खू – (सिर झुकाकर) सच कहूँ तो डूब मरने को जी चाहता है। समाज की यदि लोकलाज न होती, तो इसे लेकर कभी यहाँ न आता। परन्तु यह अधर्म घर की लाज को निबाहने के कारण करना पड़ा है।

झगड़ू साहू – शास्त्र में बेटी के गाँव का रूख़ भी देखना मना है।

सुक्खू – (नम आँखों से) न जाने नारायण कब मौत देंगे। भाईजी! तीन लड़कियाँ ब्याहीं। कभी भूलकर भी उनके द्वार का मुँह नहीं देखा। परमात्मा ने अब तक तो टेक निबाही है, पर अब न जाने मिट्टी की क्या दुर्दशा होने वाली है।

झगड़ू साहू – सुक्खू तुम जानते हो मैं 'लेखा जौ-जौ, बखशीस सौ-सौ' के सिद्धांत पर चलने वाला हूँ। सूद की एक कौड़ी भी छोड़ना

मेरे लिए लिए हराम है। यदि महीने का एक दिन भी लग जाता है, तो पूरे महीने का सूद वसूल करता हूँ। लेकिन धर्म में मेरी बहुत आस्था है। नवरात्र में नित्य दुर्गापाठ करवाता हूँ। पितृपक्ष में रोज़ ब्राह्मणों को सीधा बाँटता हूँ। मेरे द्वार पर साल में एक बार भागवत पाठ अवश्य होता है। यदि कोई दीन ब्राह्मण लड़की ब्याहने के लिए मेरे सामने हाथ पसारता है, तो वह खाली हाथ न लौटता है। मेरे धर्मशास्त्र में कन्या के गाँव के कुएँ का पानी पीने से प्यासा मर जाना अच्छा है। और तुम मुझे ये बेटी के गहने गिरों रखने को कह रहे हो।

सुक्खू – (रोते हुए) साहू जी, धर्म तो मेरा भी यही है। लेकिन न जाने नियति ने क्या सोच रखा है? परमात्मा मेरी सुध नहीं लेता।

झगड़ू साहू – (दीन भाव से) सुक्खू चौधरी, इस निर्दय काल की ठोकर से तुम अधर्म मार्ग पर उतर आये हो। लेकिन इस समय तुम्हारे धर्म की रक्षा करना हमारा कर्तव्य है, धर्म है।

सुक्खू – मैं कुछ समझा नहीं साहूजी।

झगड़ू साहू – तुम रोओ मत। वो परमात्मा जिसने अब तक तुम्हारी टेक निबाही है, अब भी निबाहेगा। लड़की के गहने लड़की को दे दो। लड़की जैसी तुम्हारी है, वैसी ही मेरी भी है। यह लो रुपये, आज काम चलाओ। जब हाथ आ जायँ, दे देना।

[चौधरी पर इस सहानुभूति का गहरा असर पड़ा। वह जोर-जोर से रोने लगा। उसे अपने भावों की धुन में कृष्ण भगवान् की मोहिनी मूर्ति सामने विराजमान दिखाई दी।]

सुक्खू – साहूजी, मैंने गाँववालों के कहने पर ख़ुद कई बार हाकिमों से तुम्हारी शिकायत की थी, लेकिन फिर भी तुम आज मेरे लिए साक्षात् देवता बनकर खड़े हो। मैं अपने किये पर बहुत शर्मिंदा हूँ। किस मुँह से तुमसे माफी माँगू?

झगड़ू साहू – सुक्खू, जो हुआ उसे भूल जाओ। अब आगे की सुध लो।

सुक्खू – (रुँधे हुए कंठ से) झगड़ू! तुमने इस समय मेरी बात, मेरी लाज, मेरा धर्म, कहाँ तक कहूँ, मेरा सब-कुछ रख लिया। मेरी डूबती नाव पार लगा दी। कृष्ण मुरारी तुम्हारे इस उपकार का फल देंगे और मैं तो तुम्हारा गुण जब तक जीऊँगा, गाता रहूँगा।

[साहू, सुक्खू को अपने गले से लगा लेता है। सुक्खू की आँखों से अश्रुधारा बहने लगती है।]

[मंच पर अँधेरा हो जाता है और पर्दा गिर जाता है।]

[समाप्त]

❑

(4)

नमक का दारोगा

पात्र-परिचय

वंशीधर	:	उम्र 25-30 वर्ष
वंशीधर के पिता	:	उम्र 55-60 वर्ष
वंशीधर की माता	:	उम्र 45-50 वर्ष
वकील	:	उम्र 25-30 वर्ष (वंशीधर का मित्र)
बदलूसिंह	:	उम्र 30-35 वर्ष (थाने का हवलदार)
दो सिपाही	:	उम्र 30-35 वर्ष
चौकीदार	:	उम्र 35-40 वर्ष
ड्राइवर	:	उम्र 30-40 वर्ष (पंडितजी का गाड़ीवान)
ड्राइवर का साथी	:	उम्र 30-40 वर्ष (गाड़ीवान का साथी)
पंडितजी	:	उम्र 60-65 वर्ष
चार आदमी	:	उम्र 30-40 वर्ष
जज साहब	:	उम्र 45-50 वर्ष
सरकारी वकील	:	उम्र 30-45 वर्ष
वकील	:	उम्र 30-40 वर्ष (पंडितजी का वकील)

दृश्यः एक

[मंच का पर्दा खुलता है और धीरे-धीरे प्रकाश आता है।]

[वंशीधर (कुरता-पायजामा पहने) अपने कमरे में बैठा एक किताब पढ़ रहा है। तभी उसका दोस्त जो कि पेशे से वकील (काली पैंट-सफेद शर्ट और काला कोट पहने) है, आता है।]

वकील – अरे भाई वंशीधर, कहाँ किताबी कीड़ा बने हुए हो?

वंशीधर – अरे तुम, आओ-आओ।

वकील – (किताब देखते हुए) क्यों मित्र! ये सीरी-फरहाद की पुस्तक पढ़ रहे हो, लगता है कहीं प्रेम में फँसे हो।

वंशीधर – (शरमाकर) अरे ऐसी कोई बात नहीं है। बस किताबें पढ़ने का शौक है, तो यूँ ही कुछ न कुछ पढ़ता रहता हूँ।

वकील – अच्छा, लेकिन ये तो प्रेम-वृत्तांत है।

वंशीधर – ओह्हो, लगता है तुम आज मेरी खिंचाई करने के इरादे से आये हो। रुको, तुम्हें कुछ दिखाता हूँ।

[वंशीधर, कुछ और किताबें उठाकर लाता है।]

वंशीधर – ये देखो, ये नल-और नील, जुलेखा की विरह-कथा और ये अमेरिका के आविष्कार। अब बोलो, अब क्या कहते हो?

वकील – (हँसकर) अच्छा भाई, तुम जीते मैं हारा ख़ुश?

वंशीधर – अब तुम बताओ, आज इधर का रास्ता कैसे भूल गए?

वकील – कुछ नहीं मित्र, जीवन चल रहा है और हम भटक रहे हैं।

वंशीधर – (आश्चर्य से) भटक रहे हैं? भाई तुम बहुत अच्छे वकील हो। काले कोट का रौब लिए घुमते हो।

वकील – (ठंडी साँस लेकर) इस काले कोट में बस रौब ही है, इससे ज़्यादा कुछ नहीं। पूरा दिन हाथ में फाइल लिए घुमते हैं कि कोई मुक़दमा हाथ आ जाये। मुकद्दमा हाथ आ भी जाए तो ज़िरह में अपना सिर खपाओ, तब जाकर हाथ में चुटकी भर कुछ आता है।

वंशीधर – (हँसकर) अच्छा तो फिर ऐसा कौन सा काम है जिसमें माथा-पच्ची न होती हो?

वकील – अरे भाई, जब से नमक का नया विभाग बना है तब से हर कोई दारोगा बनने के ख़्वाब ही देखता है। इस विभाग के दारोगा पद के लिए तो बड़े-से-बड़े वकीलों का भी जी ललचाता है।

वंशीधर – अच्छा! ऐसी क्या बात है इस विभाग में?

वकील – वंशी, इस विभाग में आजकल चाँदी-ही-चाँदी है। जब से नमक जैसी ईश्वरप्रदत्त वस्तु के व्यवहार करने का निषेध हो गया, तब से तो लोग चोरी-छिपे इसका व्यापार करने लगे हैं। अधिकारियों के पौ-बारह हो गए हैं।

वंशीधर – नमक का व्यापार बढ़ने से अधिकारियों के पौ-बारह कैसे?

वकील – अरे भाई, नमक की कालाबाज़ारी के लिए अनेक प्रकार के छल-प्रपंचों का सूत्रपात हुआ है, कोई घूस से काम निकालता है, तो कोई चालाकी से। अब इस सब सूत्रपात में भला तो अधिकारियों का ही होगा न।

वंशीधर – हम्म, तो तुम भी नमक विभाग में नौकरी करना चाहते हो।

वकील – सिर्फ़ मैं ही नहीं, मेरे जैसे बहुत लोग हैं जो नमक विभाग में ओहदा पाना चाहते हैं। न जाने कितने ही लोग

पटवारीगिरी का सर्वसम्मानित पद छोड़-छोड़कर इस विभाग की बरकंदाजी करते हैं।

वंशीधर – दोस्त लालच बुरी बला होती है।

वकील – इसे लालच नहीं समझदारी कहते हैं। मैं तो कहता हूँ, तुम भी कोशिश करो।

वंशीधर – मैं? लेकिन कैसे?

वकील – देखो! आजकल के समय में आधे से ज़्यादा लोग अँग्रेज़ी शिक्षा और ईसाई मत को एक ही वस्तु समझते हैं। आजकल फारसी का प्राबल्य है। प्रेम की कथाएँ और शृंगार रस के काव्य पढ़कर फारसीदाँ लोग सर्वोच्च पदों पर नियुक्त हो जाया करते हैं। तुम अँग्रेज़ी तो जानते ही हो। और सारा दिन ये किताबें भी पढ़ते रहते हो। ज़ाहिर है काव्य और शृंगार रस की समझ भी रखते हो। तो फिर तुम क्यों नहीं नमक विभाग में काम कर सकते हो।

वंशीधर – क्या नौकरी पाने को इतना सब काफी है?

वकील – आजकल योग्यता से ज़्यादा इन सब बातों का चलन है। क्या पता कल को तुम सीधे नमक के दारोगा ही बन जाओ।

वंशीधर – दारोगा बना तो क्या होगा?

वकील – फिर तो तुम बच्चू, आसमान से बातें करोगे। अच्छे-अच्छे तुम्हारे तलवे चाटेंगे। पेशगी लिए तुम्हारे आगे-पीछे नज़र आयेंगे।

वंशीधर – मतलब रिश्वतखोरी!

वकील – क्यों जी, क्या बुराई है भला इसमें?

वंशीधर – भलाई भी तो नहीं है। न बाबा, मैं तो इमानदारी की नौकरी करना चाहूँगा। मुझसे ये सब न होगा।

वकील – (गहरी साँस लेकर) ठीक है भाई, जैसी तुम्हारी मरजी। हम तो वकील हैं, हमारा काम था सलाह देना। मानो या न मानो

ये तुम्हारी इच्छा। लेकिन एक बात फिर कहूँगा, कब तक यूँ घर पर बैठे प्रेम-वृत्तांत पढ़ते रहोगे, कुछ काम-धंधा भी सोचो।

वंशीधर – हाँ, ये बात तुमने ठीक कही। मैं भी आजकल नौकरी की तलाश में ही हूँ। रोज़गार मिल जाये तो, पिताजी का हाथ बँटा सकूँगा।

[वंशीधर के पिता का आगमन।]

पिता – वाह बेटा! आज नौकरी की बात करके तुमने जी ख़ुश कर दिया। बेटा! घर की दुर्दशा देख रहे हो। ऋण के बोझ से दबे हुए हैं। लड़कियाँ हैं, वे घास-फूस की तरह बढ़ती चली जाती हैं। मैं कगारे पर खड़ा वृक्ष हो रहा हूँ, न मालूम कब गिर पड़ूँ! अब तुम्हीं घर के मालिक-मुख़तार हो।

वकील – तो फिर देर किस बात की? नमक विभाग में भर्तियाँ निकलीं हुई हैं, तुम भी आवेदन कर दो।

वंशीधर – लेकिन किस ओहदे के लिए?

पिता – बेटा, नौकरी में ओहदे की ओर ध्यान मत देना, यह तो पीर का मज़ार है। ऐसा काम ढूँढ़ना जहाँ कुछ ऊपरी आय हो। मासिक वेतन तो पूर्णमासी का चाँद है, जो एक दिन दिखाई देता है और घटते-घटते लुप्त हो जाता है। ऊपरी आय बहता हुआ स्रोत है, जिससे सदैव प्यास बुझती है।

वंशीधर – मतलब घूसखोरी वाली नौकरी।

वकील – अरे! ये ज़रूरी थोड़े ही है कि तुम घूस खाओ ही। तुम अपने तरीके से, पूरे ईमान से काम करना।

वंशीधर – हाँ, ये सही है।

वकील – तो कल ही अर्जी डाल दो। नेक काम में देरी नहीं करनी चाहिए।

वंशीधर – कल क्यों, मैं तो आज ही जाता हूँ।

वकील – तो फिर चलो। मैं भी उधर ही जा रहा हूँ, साथ चलते हैं।

वंशीधर – ठीक है, चलो।

पिता – (पीछे से बोलते हुए) बेटा, याद रखना, पूर्णमासी का चाँद, बहता स्रोत।

[वंशीधर और वकील चले जाते हैं। मंच पर प्रकाश कम हो जाता है।]

❑

दृश्यः दो

[मंच पर धीरे-धीरे प्रकाश आता है। वंशीधर के पिता और माता बैठे हैं। वंशीधर, दारोगा की वर्दी में आता है।]

वंशीधर की माँ – (खुश होकर) सुनिए वो देखिये, वंशीधर आ रहा है।

पिता – अरी भागवान, वंशीधर नहीं दारोगा साहब कहो। अब वंशीधर दारोगा बन गया है।

माँ – दारोगा बने या कलेक्टर, मेरे लिए तो मेरा बेटा वंशी ही रहेगा।

[वंशीधर आकर माता-पिता के चरण-स्पर्श करता है।]

माँ – जीते रहो बेटा।

पिता – आज तुम्हें इस तरह देखकर मेरा सीना गर्व से चौड़ा हो रहा है।

वंशीधर – सब आपका आशीर्वाद है, पिताजी।

पिता – बेटा, अभी छह महीनों से अधिक न हुए और तुमने तरक्की कर ली, दारोगा बन गए।

माँ – अजी, मेरे बेटे की तरक्की देखकर तो अब पड़ोसियों के हृदय में भी शूल उठने लगे हैं।

पिता – अरे तो उठने दो, ये अपने-अपने नसीब की बात है।

माँ – हाँ सच कहा, वंशी के दारोगा बनते ही नसीब तो सचमुच जाग गए हमारे घर के।

वंशीधर – वो कैसे माँ?

माँ – बेटा, कल ही बड़की के लिए बहुत बड़े घर से रिश्ता आया है। वो भी सामने से, खुद लड़के वालों ने भेजा है। सुना है उनके यहाँ मोटर-गाड़ी भी हैं।

वंशीधर – सच माँ? ये बड़ी खुशी की बात है।

माँ – हाँ बेटा, बस इन दोनों लड़कियों का ब्याह हो जाए, तो हम गंगा नहा जायें।

वंशीधर – चिंता न करो, सब जल्दी ही हो जायेगा। माँ-पिताजी, देखिये मैं आपके लिए क्या लाया हूँ।

[वंशीधर अपने बैग में से शॉल और साड़ी निकालता है।]

पिता – अरे वाह, देखा भाग्यवान, कितनी सुंदर शॉल है।

माँ – हाँ जी, मेरी साड़ी भी कितनी सुंदर है।

वंशीधर – (जेब से पैसे निकालकर) पिताजी, ये कुछ रुपया है, महाजन का सारा हिसाब चुकता कर दीजियेगा।

पिता – बेटा, जैसे ही तुम्हारे दारोगा बनने की खबर फैली, महाजन ने खुद घर आकर बधाई दी और बोले कि रकम लौटाने की चिंता न करना। जब जी चाहे तब लौटा देना। वरना पहले तो उगाही को आदमी भेज दिया करता था।

माँ – अजी, यदि बेटे का कद ऊँचा होगा तो हमारा भी तो होगा न।

पिता – सही कहा वंशी की माँ। बेटा, सुना है इस थोड़े समय में ही तुमने ने अपनी कार्यकुशलता और उत्तम आचार से अफ़सरों को मोहित कर लिया है।

वंशीधर – जी पिताजी, सभी अफ़सर लोग मुझ पर बहुत विश्वास करने लगे हैं। कहते हैं कि मेरे जैसा ईमानदार दारोगा पहले न हुआ।

पिता – अरे बेटा, ये ईमानदारी में कुछ नहीं रखा है। याद है मैंने तुमसे क्या कहा था, ओहदे को पीर की मजार समझो। तुम्हें तो अपनी निगाह चढ़ावे और चादर पर रखनी चाहिए। वेतन मनुष्य देता है, इसी से उसमें वृद्धि नहीं होती। ऊपरी आमदनी ईश्वर देता है, इसी से उसकी बरकत होती हैं।

वंशीधर – (नीची निगाह करके) जी पिताजी।

पिता – एक बात और है वंशी, अब तुम दारोगा बन गए हो तो ध्यान से सुनो, इस विषय में विवेक की बड़ी आवश्यकता है। मनुष्य को देखो, उसकी आवश्यकता को देखो और अवसर को देखो, उसके उपरांत जो उचित समझो, करो। गरजवाले आदमी के साथ कठोरता करने में लाभ ही लाभ है। लेकिन बेगरज को दाँव पर पाना ज़रा कठिन है। इन बातों को निगाह में बांध लो यह मेरी जन्मभर की कमाई है। बाकी तुम स्वयं विद्वान हो, तुम्हें और क्या समझाऊँ।

माँ – (मुँह बनाकर) छि-छिः कैसी बातें करते हो जी। अपने ही बेटे को रिश्वतखोरी की सलाह दे रहे हो।

पिता – अरी भागवान, इसे रिश्वतखोरी नहीं ईश्वर का आशीर्वाद कहते हैं। बहुत कम लोगों को नसीब होता है।

माँ – नाम बदल देने से पाप कभी पुण्य नहीं बन जाता है। ईश्वर ने अच्छी नौकरी दी है, समाज में मान-सम्मान दिया है, उसी में ख़ुश रहना चाहिए।

पिता – तुम नहीं समझोगी।

माँ – मुझे समझना भी नहीं है। बेटा, इस विस्तृत संसार में तुम धैर्य को अपना मित्र, बुद्धि को अपनी पथप्रदर्शक और आत्मावलम्बन को ही अपना सहायक बनाना। तुम्हारा मन जिस बात की गवाही न दे, वो कभी मत करना।

पिता – अजी क्यों ऐसी शिक्षा देकर बेड़ा-गर्क कर रही हो। तुम अपना चूल्हा-चौका सँभालो।

माँ – हाँ-हाँ जाती हूँ। आओ बेटा, अन्दर आओ कुछ खा लो।

वंशीधर – नहीं माँ, अब मैं चलता हूँ। आज बड़े-अफ़सर दौरे पर आनेवाले हैं। वहाँ जाकर हाज़िरी देनी है।

माँ – ठीक है बेटा। तुम जाओ, अपना ख़याल रखना।

वंशीधर – (पैर छूकर) चलता हूँ पिताजी।

[वंशीधर चला जाता है। मंच पर प्रकाश कम हो जाता है।]

❑

दृश्यः तीन

[मंच पर धीरे-धीरे प्रकाश आता है। जाड़े का मौसम है और रात का समय है। मंच के दाहिनी ओर एक टेबल और तीन चार कुर्सियाँ लगी हुई हैं। कुर्सी पर वंशीधर बैठा है और तीन चार सिपाही और चौकीदार आस-पास खड़े हैं।]

वंशीधर – (ठिठुरते हुए) इस बार जाड़ा कुछ ज़्यादा ही तेज मालूम होता है।

बदलूसिंह – हुज़ूर, दफ्तर से एक मील पूर्व की ओर जमुना बहती है, ठण्ड का ये भी एक कारण जान पड़ता है।

वंशीधर – हम्म, सही कहा तुमने।

बदलूसिंह – सरकार, ठण्ड बहुत है तो आप अन्दर जाकर आराम फरमा लीजिये।

वंशीधर – नहीं-नहीं। हम सो गए तो इस इलाके की निगरानी कैसे होगी?

चौकीदार – सरकार, मेरे रहते हुए, आपको निगरानी करनी पड़े, ये मेरे लिए डूब मरने जैसा हुआ।

बदलूसिंह – हाँ, सरकार। वैसे जाड़े दिनों की रातों में चारों ओर सन्नाटा छा जाता है। इतनी रात में भला कौन बाहर निकलने की हिम्मत करेगा?

वंशीधर – तुम्हें नहीं मालूम बदलूसिंह, चोर और हेराफेर, ऐसी रात का ही फायदा उठाते हैं। वो भी जानते हैं कि चारों ओर पसरे सन्नाटे में भला कौन उन पर नज़र रखेगा।

बदलूसिंह – बात तो सरकार आपकी सही है। लेकिन सरकार, आपका रूतबा इतना है कि कोई चोर तो क्या परिंदा भी पर मारने की हिम्मत न करेगा।

चौकीदार – हाँ सरकार, किसकी इतनी हिम्मत है जो हुज़ूर से बगावत करे।

बदलूसिंह – सरकार, पूरे महकमे और शहर को पता है, कि आप कितने कड़क दारोगा हैं।

वंशीधर – जब इंसान ईमानदार होता है, तो वो किसी से नहीं डरता है।

बदलूसिंह – इसीलिए तो सरकार, आप निश्चिन्त होकर थोड़ा आराम कर लीजिये। हमारे रहते आप चिंता मत कीजिये।

वंशीधर – (उठकर) ठीक है। अब तुम सब जोर देते हो तो मैं चला जाता हूँ। लेकिन याद रहे, कोई भी आहट हो तो फौरन इत्तेला करना। कहीं भी कोई गड़बड़ नहीं होनी चाहिए।

बदलूसिंह – निश्चिन्त रहिये सरकार।

[वंशीधर अन्दर चला जाता है।]

बदलूसिंह – (कुर्सी पर बैठते हुए) बड़ा आया ईमानदार। जबसे आया है, तबसे न तो खुद खाता है और न ही किसी को खाने देता है।

चौकीदार – हुज़ूर, अभी नये-नये दारोगा बने हैं इसीलिए ईमानदारी का भूत सिर चढ़कर बोल रहा है।

एक सिपाही – हाँ, कुछ समय और बीतने दो फिर देखेंगे जनाब को। इस ओहदे पर तो अच्छे-अच्छों का ईमान डगमगा जाता है।

बदलूसिंह – अरे भैया, जब नोटों की हरियाली दिखती है तो इंसान की आँखें फैल ही जाती हैं।

[सभी हँसते हैं।]

बदलूसिंह – अरे भाई, ज़रा देशी (शराब) के दर्शन तो करवा दो।

चौकीदार – हुज़ूर, अगर दारोगा साहब को पता चल गया तो गजब हो जाएगा।

बदलूसिंह – अरे दारोगाजी किवाड़ बंद किए, मीठी नींद सो रहे होंगे। अब तो सुबह ही उठेंगे।

सिपाही – तब तक पूरी की पूरी उतर जायेगी।

[सब फिर से ठहाका लगाकर हँसते हैं।]

बदलूसिंह – वैसे भी दारोगा साहब की मेहरबानी से नोटों की गरमी तो मिलती नहीं, कम-से-कम देशी की गरमी तो ले लें।

सिपाही – सही कहा, जाड़ा काटने का कोई तो उपाय हो।

[सब फिर हँसते हैं। लेकिन तभी कुछ आहट होती है।]

बदलूसिंह – चौकीदार, तुमने अभी कुछ आहट सुनी?

चौकीदार – हाँ, कुछ लगी तो हुज़ूर।

सिपाही – अरे कोई जानवर होगा।

बदलूसिंह – इतनी रात को नदी के पास?

[तभी अन्दर से वंशीधर निकलकर आता है।]

वंशीधर – बदलूसिंह, ये आहट कैसी थी?

बदलूसिंह – (खड़े होकर) सरकार, मैं भी वही सोच रहा हूँ।

सिपाही – शायद नदी के प्रवाह की होगी या किसी जानवर की।

वंशीधर – नहीं, ये आवाज़ तो मल्लाहों का कोलाहल या किसी मोटर-गाड़ी की जान पड़ती है। चौकीदार ज़रा देखो तो।

चौकीदार – अभी देखकर आया सरकार।

[चौकीदार भागकर जाता है और फिर वापस आता है।]

चौकीदार – सरकार, नदी पर जो नावों का एक पुल बना हुआ है, वहाँ से कुछ मोटर-गाड़ियाँ गुजर रही हैं।

वंशीधर – इतनी रात गए गाड़ियाँ क्यों नदी के पार जा रही हैं? अवश्य कुछ न कुछ गोलमाल है। बदलूसिंह! तुम जाकर गाड़ियों को रोको, हम अभी आते हैं।

बदलूसिंह – जी सरकार।

[बदलूसिंह और एक सिपाही चले जाते हैं।]

वंशीधर – (दूसरे सिपाही से) जल्दी हमारा तमंचा दो। चौकीदार हमारी हैट उठाओ।

[सिपाही, तमंचा देता है और चौकीदार हैट पकड़ाता है। वंशीधर ने वरदी पहनी, हैट लगायी, तमंचा जेब में रखा और सिपाही एवं चौकीदार के साथ पुल पर जाते हैं।]

वंशीधर – चलो, चलकर देखते हैं, आख़िर माज़रा क्या है?

[वंशीधर और सिपाही चले जाते हैं। मंच पर प्रकाश कम हो जाता है।]

❑

दृश्यः चार

[मंच पर धीरे-धीरे प्रकाश आता है। वंशीधर, सिपाही और चौकीदार के साथ खड़ा है। उसके सामने बदलूसिंह और सिपाही दो आदमियों को पकड़े हुए खड़े हैं। बदलूसिंह के पास ही एक बोरी का एक गठ्ठर भी पड़ा हुआ है।]

वंशीधर – कौन हैं ये?

बदलूसिंह – सरकार ये मोटर-गाड़ियों के ड्राइवर हैं।

वंशीधर – कितनी गाड़ियाँ हैं?

बदलूसिंह – पुल पर एक पूरी लम्बी कतार है।

वंशीधर – तो फिर बस दो ही ड्राइवर को क्यों पकड़ा? बाकी सब कहाँ हैं?

बदलूसिंह – सरकार, ये दोनों ही क़ाफ़िले के सरदार हैं। इसीलिए इन दोनों को आपके सामने ले आया।

वंशीधर – (ड्राइवर को डाँटकर) किसकी गाड़ियाँ हैं?

[दोनों आदमी कोई जवाब नहीं देते हैं।]

वंशीधर – बहरे हो? हमने पूछा ये गाड़ियाँ किसकी हैं?

ड्राइवर – (डरते हुए) जी वो पंडित अलोपीदीन की।

वंशीधर – कौन पंडित अलोपीदीन?

ड्राइवर – जी, वो दातागंज के पंडित अलोपीदीन।

वंशीधर – (चौंककर) पंडित अलोपीदीन, इस इलाके के वो सबसे प्रतिष्ठित ज़मींदार।

ड्राइवर – जी।

वंशीधर – क्या लदा है इन गाड़ियों में?

[फिर से सन्नाटा पसर जाता है।]

वंशीधर – (जोर से) क्या तुम सब गूंगे हो गए हो? हम पूछते हैं इनमें क्या लदा है?

ड्राइवर – जी बस यूँही कपड़े-लत्ते हैं।

वंशीधर – (शक करते हैं) अच्छा! बदलूसिंह, ज़रा बोरी को खोलो तो, हम भी देखें कौन से कपड़े-लत्ते हैं।

बदलूसिंह – जी।

[बदलूसिंह बोरी खोलता है तो चौंक जाता है। बोरी में नमक होता है।]

बदलूसिंह – सरकार, इसमें तो नमक है।

वंशीधर – चौकीदार, जाकर देखो, क्या सभी गाड़ियों में नमक की बोरियाँ ही हैं।

[चौकीदार चला जाता है।]

वंशीधर – गाड़ियाँ कहाँ जाएँगी?

ड्राइवर – जी, कानपुर।

[चौकीदार आता है।]

चौकीदार – सरकार, सभी गाड़ियों में नमक लदा हुआ है।

वंशीधर – अच्छा, तो बुलाओ अपने मालिक, पंडित अलोपीदीन को।

ड्राइवर – सरकार, अभी यहाँ से जाने-आने में समय लग जाएगा। अभी जाने दीजिये, लौटकर आपका संदेशा पंडितजी को दे दूँगा।

वंशीधर – (गुस्से से) तुम्हें 15 मिनट का समय देता हूँ। अपने मालिक को अभी यहाँ पेश करो।

ड्राइवर – लेकिन हुज़ूर।

वंशीधर – बदलूसिंह, इन सभी को जेल में डाल दो और सारा माल जब्त कर लो।

ड्राइवर – ऐसा न करिए सरकार, मैं अभी पंडितजी को बुला लाता हूँ।

वंशीधर – तुम नहीं जाओगे। किसी और को भेजो। जब तक तुम्हारा मालिक यहाँ नहीं आ जाता तुम यहाँ से हिलोगे भी नहीं।

ड्राइवर – जो आप हुकुम करें सरकार।

[ड्राइवर अपने दूसरे साथी को, पंडितजी को बुलाने के लिए भेजता है।]

बदलूसिंह – सरकार, पंडित अलोपीदीन तो लाखों रुपए का लेन-देन करते हैं। इधर छोटे से बड़े कौन ऐसे हैं जो उनके ऋणी न हों। उनका व्यापार भी बड़ा लम्बा-चौड़ा है। बड़े ही चलते-पुरजे आदमी हैं।

सिपाही – हाँ सरकार, हमने तो सुना है कि अँग्रेज़ अफ़सर उनके इलाके में शिकार खेलने जाते हैं और उनके मेहमान होते हैं। उनके यहाँ बारहों मास सदाव्रत चलता है।

वंशीधर – बड़े आदमी होंगे अपने लिए, क़ानून की नज़र में मुज़रिम सिर्फ़ मुज़रिम होता है।

चौकीदार – सरकार, बड़ी ऊपर तक पहुँच है उनकी, ऐसा न हो कहीं लेने के देने पड़ जायें।

वंशीधर – मैं नहीं डरता किसी से।

[तभी पंडितजी मुँह में पान के बीड़े को चबाते और लिहाफ ओढ़े हुए आते हैं।]

पंडितजी – (हाथ जोड़कर) बाबूजी आशीर्वाद! मेरे आदमी ने बताया कि दारोगा ने गाड़ियाँ रोक दी हैं और घाट पर खड़े आपको बुलाते हैं।

वंशीधर – हाँ, हमने ही आपको बुलाया।

पंडितजी – महाराज, कहिए, हमसे ऐसा कौन सा अपराध हुआ कि गाड़ियाँ रोक दी गई। हम ब्राह्मणों पर तो आपकी कृपा-दृष्टि रहनी चाहिए।

वंशीधर – (रुखाई से) सरकारी हुकूम।

पंडितजी – (हँसकर) हम सरकारी हुकूम को नहीं जानते और न सरकार को। हमारे सरकार तो आप ही हैं।

वंशीधर – अच्छा, तो बताइये ये सब क्या मामला है?

पंडितजी – अब जो भी है, हमारा और आपका तो घर का मामला है, हम कभी आपसे बाहर हो सकते हैं? आपने व्यर्थ का कष्ट उठाया।

वंशीधर – क्या मतलब?

पंडितजी – सरकार, मुझे तो लक्ष्मीजी पर अखंड विश्वास है। अब देखिये, संसार का तो कहना ही क्या, स्वर्ग में भी लक्ष्मी का ही राज्य है। न्याय और नीति सब लक्ष्मी के ही खिलौने हैं, इन्हें वह जैसे चाहती हैं नचाती हैं।

वंशीधर – पहेलियाँ न बुझाओ, साफ-साफ कहो।

पंडितजी – (हँसकर) सरकार, मैं ब्राह्मण हूँ, देवताओं को मानता हूँ और यहाँ तो आप ही हमारे देवता हैं। यह हो नहीं सकता कि इधर से जाएँ और इस घाट के देवता को भेंट न चढ़ावें। मैं तो आपकी सेवा में स्वयं ही आ रहा था।

वंशीधर – (अकड़कर) हम उन नमकहरामों में नहीं हैं, जो कौड़ियों पर अपना ईमान बेचते फिरते हैं।

पंडितजी – आपने मेरी बात का गलत मतलब निकाला, मेरी ऐसी मज़ाल कहाँ जो आपको खरीदूँ। मैं तो बस चढ़ावे की बात कर रहा हूँ।

वंशीधर – आप इस समय हिरासत में हैं। आपको कायदे के अनुसार चलना होगा। बस, मुझे अधिक बातों की फ़ुर्सत नहीं है।

पंडितजी – सरकार अभी आपकी नयी उम्र है, इसीलिए ईमानदारी की नई उमंग है। एक बार ठन्डे दिमाग से सोच लीजिये।

वंशीधर – (क्रोध से) जमादार बदलूसिंह! तुम इन्हें हिरासत में ले चलो, मैं हुक्म देता हूँ।

[बदलूसिंह आगे बढ़ा, किन्तु रोब के मारे यह साहस न हुआ कि उनका हाथ पकड़ सके। लेकिन गिरफ्तारी की बात सुनकर पंडितजी और उनके साथी घबरा जाते हैं।]

पंडितजी – देखिये, मेरे जीवन में कदाचित यह पहला ही अवसर है जब मुझे ऐसी कठोर बातें सुननी पड़ रही हैं।

वंशीधर – जीवन में बहुत कुछ पहली बार ही होता है।

पंडितजी – (दीनभाव से) बाबू साहब, ऐसा न कीजिए, हम मिट जाएँगे। इज़्ज़त धूल में मिल जाएगी। हमारा अपमान करने से आपके हाथ क्या आएगा? हम किसी तरह आपसे बाहर थोड़े ही हैं।

वंशीधर – (कठोर स्वर में) हम ऐसी बातें नहीं सुनना चाहते।

[पंडितजी ने धर्म को धन का ऐसा निरादर करते कभी न देखा था। अलोपीदीन ने जिस सहारे को चट्टान समझ रखा था, वह पैरों के नीचे खिसकता हुआ मालूम हुआ। स्वाभिमान और धन-ऐश्वर्य की कड़ी चोट लगी। किन्तु अभी तक धन की सांख्यिक शक्ति का पूरा भरोसा था।]

पंडितजी – (विनम्रता से) सरकार लगता है कि अभी माया-मोह के जाल में नहीं पड़े हैं। लगता है अभी अल्हड़ है, झिझकते हैं। (अपने आदमी से) लालाजी, एक हज़ार के नोट बाबू साहब को भेंट करो।

वंशीधर – (गरम होकर) एक हज़ार नहीं, एक लाख भी मुझे सच्चे मार्ग से नहीं हटा सकते।

पंडितजी – (झुँझलाकर) लालाजी, पाँच हज़ार पेश करिए साहब को, आप इस समय भूखे सिंह हो रहे हैं।

[पंडितजी ने विचार किया कि यह अभी उद्दंड लड़का है। धर्म की इस बुद्धिहीन दृढ़ता और देव-दुर्लभ त्याग पर मन बहुत झुँझलाया। अब दोनों शक्तियों में संग्राम होने लगा। धन ने उछल-उछलकर आक्रमण करने शुरू किए। एक से पाँच, पाँच से दस, दस से पंद्रह और पंद्रह से बीस हज़ार तक नौबत पहुँची, किन्तु धर्म अलौकिक वीरता के साथ बहुसंख्यक सेना के सम्मुख अकेला पर्वत की भाँति अटल, अविचलित खड़ा था। एक आख़िरी कोशिश उन्होंने और की।]

पंडितजी – (निराश होकर) पच्चीस हज़ार, अब इससे अधिक मेरा साहस नहीं। आगे आपको अधिकार है।

[वंशीधर ने अपने ज़मादार को ललकारा।]

वंशीधर – बदलूसिंह, तुम आगे बढ़ो, और हथकड़ियाँ लगाओ।

[बदलूसिंह मन में दारोगाजी को गालियाँ देता हुआ पंडित अलोपीदीन की ओर बढ़ा। पंडितजी घबड़ाकर दो-तीन कदम पीछे हट गए।]

पंडितजी – (अत्यंत दीनता से) बाबू साहब, ईश्वर के लिए मुझ पर दया कीजिए, मैं पच्चीस हज़ार पर निपटारा करने को तैयार हूँ।

वंशीधर – असम्भव बात है।

पंडितजी – तीस हज़ार पर?

वंशीधर – किसी तरह भी सम्भव नहीं।

पंडितजी – क्या चालीस हज़ार पर भी नहीं।

वंशीधर – चालीस हज़ार नहीं, चालीस लाख पर भी असम्भव है। बदलूसिंह, इस आदमी को हिरासत में ले लो। अब मैं एक शब्द भी नहीं सुनना चाहता।

पंडितजी – बाबू ऐसा मत करो। धन को अपने धर्म के पैरों तले मत कुचल डालो। मेरी इज़्ज़त मिट्टी में मिल जाएगी। लेकिन याद रखना, चैन से तुम भी न रहने पाओगे।

वंशीधर – बदलूसिंह, तुमने सुना नहीं।

बदलूसिंह – जी सरकार।

[पंडित अलोपीदीन स्तम्भित हो गए। गाड़ीवानों में हलचल मच गई। अलोपीदीन ने एक हृष्ट-पुष्ट मनुष्य को हथकड़ियाँ लिए हुए अपनी तरफ़ आते देखा। फिर वो चारों ओर निराश और कातर दृष्टि से देखने लगे। इसके बाद मूर्छित होकर गिर पड़े। मंच पर प्रकाश कम हो गया।]

दृश्यः पाँच

[मंच पर धीरे-धीरे प्रकाश आता है। अगले दिन, शाम का समय है। शहर में एक चौक पर चार लोग बैठे बातें कर रहे हैं।]

एक आदमी – कुछ सुना तुमने, कल रात पंडित अलोपीदीन को नए दारोगा ने गिरफ्तार कर लिया।

दूसरा आदमी – अरे भैया, दुनिया सोती थी पर दुनिया की जीभ जागती थी। सवेरे से जिसे देखिए, बालक-वृद्ध सबके मुँह से यही बात सुनाई देती है। जिसे देखिए वही पंडितजी के इस व्यवहार पर टीका-टिप्पणी कर रहा है, निंदा की बौछारें हो रही हैं।

तीसरा आदमी – भैया, पानी को दूध के नाम से बेचने वाला ग्वाला, कल्पित रोजनामचे भरने वाले अधिकारी वर्ग, रेल में बिना टिकट सफ़र करने वाले बाबू लोग, जाली दस्तावेज़ बनाने वाले सेठ और साहुकार इत्यादि सब के सब पंडित की ही बातें कर रहे हैं। आज तो ऐसा लग रहा है, जैसे ये सब देवता हों और इकलौता पंडित पापी।

चौथा आदमी – ऐसा लग रहा है मानो संसार से अब पापी का पाप कट गया।

एक आदमी – ये दुनिया ऐसी ही है, अपने गिरेबान में झाँककर नहीं देखती है कभी।

दूसरा आदमी – आज सुबह जब पंडित अलोपीदीन अभियुक्त होकर कांस्टेबलों के साथ, हाथों में हथकड़ियाँ, हृदय में ग्लानि और क्षोभ भरे, लज़्ज़ा से गर्दन झुकाए अदालत की तरफ़ चले तो सारे शहर में हलचल मच गई।

तीसरा आदमी – मेलों में कदाचित इतनी भीड़ न होती होंगी। भीड़ के मारे छत और दीवार में कोई भेद न रहा।

चौथा आदमी – लेकिन एक बात समझ नहीं आई, अलोपीदीन क़ानून के पंजे में कैसे आए?

पहला आदमी – यही जानने के लिए तो सभी लोग अधीर हो रहे हैं।

दूसरा आदमी – सुना है दारोगा को बहुत लालच दिया पंडित ने, मगर मज़ाल है जो दारोगा का ईमान डगमगाया हो।

तीसरा आदमी – भैया, दारोगा जैसे ओहदे पर होकर भी ईमान न बहके ये बात जल्दी से हजम होने वाली नहीं है।

चौथा आदमी – हर किसी की अपनी सोच है, किसी को दारोगा की बहादुरी पर नाज़ है तो किसी को पंडित से सहानुभूति है।

पहला आदमी – क्या लगता है, पंडित को जेल हो जाएगी?

दूसरा आदमी – अगर हुई तो कितने साल की लगेगी?

तीसरा आदमी – अरे भैया मत भूलो कि पंडित अलोपीदीन इस अगाध वन के सिंह हैं। अधिकारी वर्ग उनके भक्त,अमले उनके सेवक, वकील-मुख़्तार उनके आज्ञा पालक और अरदली, चपरासी तथा चौकीदार तो उनके बिना मोल के ग़ुलाम हैं।

चौथा आदमी – पंडित जैसा मनुष्य जिसके पास असाध्य साधन करने वाला धन और अनन्य वाचालता हो, वह क्योंकर क़ानून के पंजे में आए?

पहला आदमी – लेकिन सुना है कि दारोगा भी कोई कच्चा खिलाड़ी नहीं है। उसके पास सबूत हैं।

दूसरा आदमी – अब पंडित को जेल होगी या दारोगा की नाक नीची होगी, ये तो कल अदालत में ही पता चलेगा।

तीसरा आदमी – सही कहा भाई, कल धर्म और अधर्म के बीच युद्ध है। सारे शहर की आँख कल की सुनवाई पर ही लगी हुई है।

चौथा आदमी – चलो भैया, अब कल का कल देखेंगे। अभी अपना समय क्यों खोटी करें?

[चारों आदमी चले जाते हैं। मंच पर प्रकाश कम हो जाता है।]

❑

दृश्यः छह

[मंच पर धीरे-धीरे प्रकाश आता है। अदालत सजी हुई है। जज साहब सामने बैठे हैं। पंडित एक कटघरे में खड़ा हुआ है। वकील, पुलिस और शहर के कुछ लोग मौजूद हैं। वकीलों की ज़िरह चल रही है। पंडितजी के बचाव के निमित्त वकीलों और झूठ की एक सेना तैयार की गई थी। न्याय के मैदान में धर्म और धन में युद्ध ठन गया था।]

सरकारी वकील – जज साहब, दारोगा वंशीधर और उनके सिपाहियों ने कल रात जब पुल पर गाड़ियों का क़ाफ़िला रोका तो उन गाड़ियों के गाड़ीवानों ने ख़ुद बताया कि वो गाड़ियाँ पंडित अलोपीदीन की थीं।

पंडित का वकील – माई लार्ड, मेरे मुवक्किल ने इस बात से कभी इनकार नहीं किया कि वो गाड़ियाँ उनकी नहीं थीं।

सरकारी वकील – तो फिर इस बात से भी इनकार नहीं किया जा सकता है, कि गाड़ियों में लदा वो नमक भी पंडितजी का ही था।

जज साहब – पंडितजी, क्या आप आप मानते हैं कि गाड़ियाँ और नमक दोनों आपके थे।

पंडितजी – जज साहब, मैं मानता हूँ कि वो गाड़ियाँ मेरी थी लेकिन हुज़ूर, नमक के बारे में, मैं कुछ नहीं जानता हूँ।

सरकारी वकील – पंडितजी, इतनी रात गए आपकी गाड़ियाँ पुल पर क्या करने गयीं थीं?

पंडितजी – सरकार, मैं एक व्यापारी हूँ। व्यापार के सिलसिले में अक्सर मेरा माल यहाँ से वहाँ आता-जाता रहता है।

सरकारी वकील – क्या आप अदालत को बतायेंगे कि उस दिन आपकी गाड़ियों में क्या लद कर जा रहा था?

वकील – जज साहब, पंडितजी के एक या दो नहीं बल्कि कई कारोबार हैं। वो पहले ही बता चुके हैं कि उस दिन गाड़ियों में कपड़ों के गठ्ठर, दूसरे शहर भेजे जा रहे थे।

सरकारी वकील – जज साहब, मैं दारोगा वंशीधर को कटघरे में बुलाने की इजाज़त चाहता हूँ।

जज साहब – इजाज़त है।

[दारोगा वंशीधर, आकर कटघरे में खड़ा हो जाता है।]

सरकारी वकील – दारोगा जी, उस रात क्या हुआ था?

वंशीधर – जी उस रात जब पुल पर हमने गाड़ियों को पकड़ा तो पता चला कि वो सभी गाड़ियाँ पंडितजी की थीं। इसलिए हमने पंडितजी को बुला भेजा।

सरकारी वकील – दारोगा जी, उस रात जब आपने पंडितजी की गाड़ियाँ पकड़ीं तो उनमें से क्या बरामद हुआ?

वंशीधर – जी, उन गाड़ियों से नमक की बोरियाँ बरामद हुईं।

वकील – दारोगा जी, क्या आपने सभी बोरियाँ खोलकर देखीं थी? क्या सब में नमक ही था?

दारोगा – जी नहीं, सभी बोरियाँ तो मैंने नहीं देखीं थीं। हाँ, चौकीदार ने देखीं थीं।

वकील – दारोगा जी, आपके साथ उस रात ड्यूटी पर और कौन-कौन था?

वंशीधर – जी, जमादार बदलूसिंह, दो सिपाही और चौकीदार।

वकील – आप जा सकते हैं। जज साहब, मैं चौकीदार से कुछ सवाल करना चाहता हूँ।

जज साहब – इजाज़त है।

[चौकीदार कटघरे में आता है।]

वकील – चौकीदार, उस रात जो हुआ वो क्या तुम अदालत को बता सकते हो?

चौकीदार – जी हुज़ूर, उस रात जब पुल पर आहट हुई तो हमने देखा कि गाड़ियों की लम्बी कतार जा रही थी। जब गाड़ीवानों को रोककर पूछा तो उन्होंने बताया कि सभी गाड़ियाँ पंडितजी की हैं। फिर पंडितजी को दारोगा साहब ने बुलवाया। दोनों के बीच पैसे को लेकर कुछ तना-तनी हुई और उसके बाद में दारोगा जी ने पंडितजी को गिरफ्तार कर लिया।

सरकारी वकील – जज साहब, चौकीदार के बयान से साफ पता चलता है कि अपनी गाड़ियों को छुड़वाने के एवज में पंडितजी ने दारोगा जी को रिश्वत देने की भी कोशिश की। और साहब, रिश्वत कोई तभी देता है जब वो कालाबाज़ारी कर रहा हो।

वकील – जज साहब, ये भी तो हो सकता है कि दारोगा जी ने ही गाड़ियों को पुल पार भेजने के एवज में रिश्वत माँगी हो। जब पंडितजी ने ऐसा करने से इनकार कर दिया तो दारोगा जी ने उन्हें झूठे मुक़दमे में गिरफ्तार कर लिया।

जज साहब – चौकीदार, क्या ये सच है कि पंडितजी ने दारोगा जी को रिश्वत देने की कोशिश की थी?

चौकीदार – हुजूर, किसने, किसको क्या पेशकश की, ये तो मुझे मालूम नहीं लेकिन पैसों को लेकर कुछ बात ज़रूर हुई थी।

वकील – चौकीदार, ये बताओ, क्या तुमने गाड़ियों में लदी बोरियों को खोलकर देखा था कि उनमें क्या था?

चौकीदार – जी बिल्कुल देखा था।

वकील – तो बताओ उनमें क्या था?

चौकीदार – जी, बोरियों में कपड़ों के गठ्ठर भरे हुए थे।

[चौकीदार की बात सुनकर, वंशीधर चौंक जाता है।]

सरकारी वकील – तुम झूठ बोल रहे हो, उन बोरियों में नमक था।

चौकीदार – सरकार मैं झूठ क्यों बोलूँगा? मैं कसम खा कर कहता हूँ कि बोरियों में कपड़े थे।

वकील – ठीक है तुम जा सकते हो। जज साहब, चौकीदार की बात से यह साफ हो चुका है कि बोरियों में नमक नहीं था। बोरियों में कपड़े थे।

सरकारी वकील – जज साहब, ऐसा भी तो हो सकता है कि ये चौकीदार किसी दबाव में आकर झूठ बोल रहा हो। आप इजाज़त दें तो सरकारी गोदाम में जो बरामद की हुई बोरी है, उसे अदालत में खुलवाकर देखा जाये। अभी दूध का दूध और पानी का पानी हो जायेगा।

जज साहब – बोरी लेकर आओ।

[बदलूसिंह बोरी लेकर आता है, और सबके सामने खोलता है। बोरी से दो-तीन नमक के थैले और बाकी खाने-पीने का सामान निकलता है।]

जज साहब – इसमें तो सिर्फ़ दो-तीन थैले हैं जिनमें नमक है। बाकी तो राशन है।

वकील – जज साहब, अब मैं जमादार बदलूसिंह से कुछ सवाल करना चाहूँगा।

जज साहब – इजाज़त है।

[बदलूसिंह कटघरे में आता है।]

वकील – बदलूसिंह, क्या ये वही बोरी है जो तुमने पंडितजी के गाड़ीवान से बरामद की थी?

बदलूसिंह – जी सरकार, ये वही बोरी है।

सरकारी वकील – ज़मादार बदलूसिंह, क्या तुमने ही ये बोरी देखी थी और दारोगा जी को बताया था कि इसमें नमक है?

बदलूसिंह – जी हुज़ूर, दारोगाजी के कहने पर मैंने बोरी खोलकर देखी तो थी लेकिन सिर्फ़ ऊपर-ऊपर से ही। ऊपर मुझे नमक ही दिखाई दिया। लेकिन हुज़ूर, नमक के नीचे क्या रखा है, वो मैंने नहीं देखा था।

वकील – बदलूसिंह तुम जा सकते हो। जज साहब, अब ये मुक़दमा आईने की तरह बिल्कुल साफ है। इस बोरी में गाड़ीवानों के खाने-पीने का सामान है। दारोगा जी से भूल हुई जो उन्होंने सिर्फ़ एक बोरी देखकर ही पंडितजी को गिरफ्तार कर लिया।

जज साहब – सभी सबूतों और गवाहों के आधार पर अदालत ये फ़ैसला सुनाती है कि पंडित अलोपीदीन के विरुद्ध दिए गए प्रमाण निर्मूल और भ्रमात्मक हैं। वह एक बड़े भारी आदमी हैं। यह बात कल्पना के बाहर है कि उन्होंने थोड़े लाभ के लिए ऐसा दुस्साहस किया हो। यद्यपि नमक के दारोगा मुंशी वंशीधर का अधिक दोष नहीं है, लेकिन यह बड़े खेद की बात है कि उसकी उद्दंडता और विचारहीनता के कारण एक भलेमानुस को कष्ट झेलना पड़ा। हम प्रसन्न

हैं कि वह अपने काम में सजग और सचेत रहता है, किंतु नमक के मुक़दमे की बढ़ी हुई नमक से हलाली ने उसके विवेक और बुद्धि को भ्रष्ट कर दिया। भविष्य में उसे होशियार रहना चाहिए।

[वंशीधर चुपचाप खड़े थे। उनके पास सत्य के सिवा न कोई बल था, न ही गवाह थे। वह न्याय का दरबार था, परंतु उसके कर्मचारियों पर पक्षपात का नशा छाया हुआ था। किंतु पक्षपात और न्याय का क्या मेल? जहाँ पक्षपात हो, वहाँ न्याय की कल्पना नहीं की जा सकती। मुक़दमा शीघ्र ही समाप्त हो गया। मजिस्ट्रेट का फ़ैसला सुनते ही पंडित के वकील ख़ुशी से उछल पड़े। पंडित अलोपीदीन मुस्कराते हुए बाहर निकले। स्वजन बाँधवों ने रुपए की लूट की। उदारता का सागर उमड़ पड़ा। उसकी लहरों ने अदालत की नींव तक हिला दी। जब वंशीधर बाहर निकले तो चारों ओर उनके ऊपर व्यंग्यबाणों की वर्षा होने लगी। चपरासियों ने झुक-झुककर सलाम किया। किंतु इस समय एक कटु वाक्य, एक-एक संकेत उनकी गर्वाग्नि को प्रज्वलित कर रहा था। आज उन्हें संसार का एक खेदजनक विचित्र अनुभव हुआ कि न्याय और विद्वत्ता, लंबी-चौड़ी उपाधियाँ, बड़ी-बड़ी दाढ़ियाँ, ढीले चोगे एक भी सच्चे आदर का पात्र नहीं है।]

[मंच पर प्रकाश कम हो गया।]

❑

दृश्यः सात

[मंच पर धीरे-धीरे प्रकाश आता है। मुक़दमे में हार के बाद, वंशीधर अपने घर में है। मंच के दाहिनी ओर वंशीधर एक ज़मीन पर चुपचाप बैठा है और साथ में उसकी माँ बैठी हैं। वंशीधर के पिता एक मूढ़े पर बैठे हुक्का पी रहे हैं।]

माँ – बेटा, ऐसे उदास कब तक बैठे रहोगे? जो हुआ उसे भूल जाओ।

वंशीधर – कैसे भूल जाऊँ माँ? मैंने ईमानदारी से अपने कर्तव्य का पालन किया। फिर भी मुझे ही सज़ा मिली।

माँ – जी न दुखाओ बेटा, बेईमानी की इस दुनिया में तुम्हें कार्य-परायणता का दंड मिला है।

वंशीधर – माँ, तुमने ही तो कहा था कि अपने सच्चे हृदय की सुनना और धर्म पर टिके रहना।

पिता – (गुस्से से) माँ की सीख याद रही लेकिन पिता की सीख भूल गए। मुक़दमे की हार से एक सप्ताह ही बीता होगा कि मुअत्तली का परवाना लेकर आ पहुँचे हैं जनाब..।

माँ – क्यूँ ताने मार रहे हो? एक तो पहले ही वो दुखी है।

पिता – (माँ-से) चलते-चलते इस लड़के को समझाया था, लेकिन इसने एक न सुनी। सब मनमानी करता है। वंशीधर, तुमने धन से बैर मोल लिया था, तो उसका मूल्य तो चुकाना ही पड़ेगा।

माँ – क्या धन ही सब कुछ होता है संसार में?

पिता – हाँ होता है। बिना धन के मनुष्य जीवन जीता तो है लेकिन पशु के समान।

माँ – ऐसा मत कहिये। समय का फेर है, समय बदलेगा तो सब ठीक हो जाएगा।

पिता – कैसे होगा भाग्यवान? हालत देखी है हमारी कभी? जनाब के कारण इस उम्र में हम तो कलवार और कसाई के तगादे सहें, बुढ़ापे में भगत बनकर बैठें। और ये ईमानदारी का ढोल पीटें।

माँ – तो क्या हुआ? बेटे के लिए हम सब कुछ सह नहीं सकते क्या? सूखी तनख़्वाह में गुजारा कर लेंगे।

पिता – सूखी तनख़्वाह में भी कहीं गुजारा होता है भला? सोचा था बेटा लायकवर हो गया है, बेटियों के हाथ पीले करके, तीरथ को जाऊँगा। मेरी तो जगन्नाथ और रामेश्वर यात्रा की कामनाएँ भी मिट्टी में मिल गईं। क्या सोचा था और क्या हो गया।

वंशीधर – पिताजी, आप मुझ पर विश्वास रखिये, मैं आपकी सब मनोकामना पूरी करूँगा।

पिता – (अत्यंत क्रोध से) चुप करो तुम! जी चाहता है कि तुम्हारा और अपना सिर फोड़ लूँ। भई, दारोगा बनते ही तुम्हें घमंड आ गया। पिता की सीख बेकार लगने लगी।

माँ – वंशी ने कब घमंड किया? वो तो बेचारा अपने धर्म की रक्षा करने में ठगा गया है। आजकल के बेईमानी के वातावरण में नौकरी करना कोई आसान बात नहीं है।

पिता – अरे, हमने भी तो नौकरी की है और कोई ओहदेदार नहीं थे। लेकिन काम किया, दिल खोलकर किया और आप जनाब, ईमानदार बनने चले हैं। घर में चाहे अँधेरा हो, मस्जिद में अवश्य दीया जलाएँगे। खेद ऐसी समझ पर! पढ़ना-लिखना सब अकारथ गया।

वंशीधर – पिताजी, मैं मानता हूँ कि मैं, आप लोगों का दोषी हूँ। लेकिन मैं सच कहता हूँ, मैंने उस रात कोई गलती नहीं की थी। उस पंडित ने सारे गवाह खरीद लिए और न्याय अपने पक्ष में करवा लिया। पंडित की पहुँच बड़े-बड़े अँग्रेज़ अफ़सरों तक है, इसलिए मुझे महकमे से भी निकलवा दिया।

पिता – अच्छा किया जो निकलवा दिया। वहाँ रहकर भी तुमने कौन-सा परिवार का कल्याण कर दिया।

माँ – अब आप शांत भी हो जाइये। वंशी, तू अन्दर जा, जाकर आराम कर ले।

[वंशीधर अन्दर चला जाता है। वंशीधर वहाँ से टल न जाता तो अवश्य ही पिता का क्रोध विकट रूप धारण कर लेता।]

माँ – सुनिए, ये समय उसको धीरज बधाने का है न कि उसे ताने मारने का।

पिता – भाग्यावान, मैं उसका दुश्मन नहीं हूँ। मैंने आज के समाज के चलन को देखते हुए ही उसको समझाया था। लेकिन देखो, मेरी कोई बात नहीं मानी।

माँ – अरे हमें तो गर्व करना चाहिए कि हमारा बेटा एक ईमानदार इंसान है।

पिता – तुम बैठकर गर्व करो। मैं तो जाता हूँ।

[वंशीधर के पिता गुस्से से घर के बाहर चले जाते हैं, उसकी माँ उदास होकर सोच में डूब जाती है। मंच पर प्रकाश कम हो जाता है।]

❑

दृश्यः आठ

[मंच पर धीरे-धीरे प्रकाश आता है। एक सप्ताह बीत गया है। सांध्य का समय है। बूढ़े मुंशीजी बैठे-बैठे राम नाम की माला जप रहे हैं। इसी समय उनके द्वार पर सजा हुआ रथ आकर रुका। हरे और गुलाबी परदे, पछहिए बैलों की जोड़ी, उनकी गर्दन में नीले धागे, सींग पीतल से जड़े हुए। कई नौकर लाठियाँ कंधों पर रखे साथ हैं।]

पिता – (आवाज़ लगाकर) अजी सुनती हो! अरी भाग्यवान जल्दी बाहर आओ।

[वंशीधर की माँ बाहर आती है।]

माँ – क्या हुआ?

पिता – देखो तो, ये शाही रथ किसका है? इस समय कौन हमारे द्वार पर आया है?

माँ – ये रथ तो कुछ जाना पहचाना-सा है। अरे हाँ, ये तो पंडित अलोपीदीन का रथ है। लेकिन वो यहाँ क्यों आये हैं?

पिता – ज़रूर तुम्हारे सपूत की वजह से ही आये होंगे। लगता है अब और कोई नई मुसीबत आने वाली है।

माँ – आप बेकार में डर रहे हैं। जब तक पूछोगे नहीं तब तक कैसे पता चलेगा? जाओ, जाकर देखो तो।

पिता – तुम ठीक कहती हो। मैं जाकर देखता हूँ।

[बूढ़े मुंशी अगवानी को दौड़े, देखा तो पंडित अलोपीदीन ही हैं। बूढ़े मुंशी ने पंडितजी को झुककर दंडवत् किया और आदरपूर्वक अंदर ले आये।]

पिता – हमारा भाग्य उदय हुआ, जो आपके चरण इस द्वार पर आए। आप हमारे पूज्य देवता हैं।

पंडितजी – मुंशी जी, आप हमारे अतिप्रिय हैं।

माँ – महाराज, बैठिये, मैं अभी आपके लिए शरबत लेकर आती हूँ।

[वंशी की माँ अन्दर चली जाती है।]

पिता – शर्मिंदा मत कीजिये। अब आपको कौन सा मुँह दिखावें, मुँह में तो कालिख लगी हुई है। किंतु क्या करें, लड़का अभागा कपूत है, नहीं तो आपसे क्या मुँह छिपाना पड़ता?

पंडितजी – शर्मिंदा होने वाली कोई बात नहीं है।

पिता – शर्मिंदा मुझे मेरी औलाद ने ही कर दिया है। ईश्वर निस्संतान चाहे रक्खे पर ऐसी संतान न दे।

पंडितजी – नहीं भाईसाहब, ऐसा न कहिए।

पिता – ऐसी संतान को और क्या कहूँ?

पंडितजी – (वात्सल्यपूर्ण स्वर में) कुलतिलक और पुरुखों की कीर्ति उज्ज्वल करने वाले संसार में ऐसे कितने धर्मपरायण मनुष्य हैं, जो धर्म पर अपना सब कुछ अर्पण कर सकें!

पिता – पंडितजी ये तो आपका बड़प्पन है जो आप अब भी इस तरह की बातें कर रहे हैं। मैंने तो स्वप्न में भी न सोचा था कि आपके साथ मेरा बेटा ऐसा करेगा।

पंडितजी – मुंशी जी सब नियति का खेल है। जो होना था सो हो गया। अब बीती बातें बिसार दीजिये।

पिता – मैं धन्य हो गया आप जैसे महापुरुष के विचार सुनकर।

पंडितजी – मुंशी जी, दारोगा साहब कहाँ हैं? वो दिखाई नहीं दे रहे।

पिता – अन्दर ही है, अभी बुलाता हूँ। (आवाज़ लगाकर) वंशीधर! ओ वंशीधर, देखो तो तुमसे मिलने कौन आया है।

[पिता की आवाज़ सुनकर वंशीधर बाहर आता है। पंडितजी को वहाँ देखकर चौंक जाता है।]

वंशीधर – आप यहाँ!

पंडितजी – नमस्कार दारोगा जी।

वंशीधर – अब आप मुझे दारोगाजी कहकर न ही बुलायें तो अच्छा होगा।

पंडितजी – मेरे लिए आप हमेशा दारोगाजी ही रहेंगे।

वंशीधर – लगता है महाशय, आप मुझे लज्जित करने और जलाने आए हैं।

पिता – वंशी, बड़ों से ऐसे बात करते हैं। क्षमा माँगो।

[वंशीधर ने क्षमा-प्रार्थना की चेष्टा नहीं की, वरन् उसे अपने पिता की यह ठकुरसुहाती की बात असह्य-सी प्रतीत हुई।]

पंडितजी – दारोगाजी, मैं जानता हूँ कि आपकी नौकरी मेरी वज़ह से ही गयी है। मेरे ही कारण आपको समाज के सामने बेइज्जत होना पड़ा। लेकिन मैं उन सभी बातों के लिए आपसे क्षमा माँगता हूँ।

[वंशीधर ने पंडितजी की ओर उड़ती हुई दृष्टि से देखा। सद्भाव झलक रहा था।]

वंशीधर – लेकिन इन सब बातों का अब क्या फ़ायेदा?

पंडितजी – दारोगा जी, मैंने हज़ारों रईस और अमीर देखे, हज़ारों उच्च पदाधिकारियों से काम पड़ा किंतु मुझे परास्त किया तो आपने। मैंने सबको अपना और अपने धन का ग़ुलाम बनाकर छोड़ दिया। लेकिन आपने मेरे धन को भी ठोकर मार दी। आप जैसा सज्जन पुरुष मैंने आजतक नहीं देखा।

वंशीधर – इस ख़ुशामद का अब क्या औचित्य है?

पंडितजी – दारोगाजी, इसे ख़ुशामद न समझिए, ख़ुशामद करने के लिए मुझे इतना कष्ट उठाने की ज़रुरत न थी।

वंशीधर – आपके इस कष्ट का कारण?

पंडितजी – (हाथ जोड़कर) उस रात को आपने अपने अधिकार-बल से अपनी हिरासत में लिया था, किंतु आज मैं स्वेच्छा से आपकी हिरासत में आया हूँ। मुझे आज्ञा दीजिए कि आपसे कुछ विनय करूँ।

[पंडितजी की बातें सुनी तो मन की मैल मिट गई। वंशीधर के गर्व ने अब लज्जा के सामने सिर झुका दिया।]

वंशीधर – (नम्रता से) यह आपकी उदारता है जो ऐसा कहते हैं। मुझसे जो कुछ अविनय हुआ, उसे क्षमा कीजिए। मैं धर्म की बेड़ी में जकड़ा हुआ था।

पंडितजी – यही तो आपकी कर्तव्य-निष्ठा है जो मन को भा गयी।

वंशीधर – मैं किस योग्य हूँ, किंतु आप जो कहना चाहते हैं कहिये। जो कुछ सेवा मुझसे हो सकती है, मैं करूँगा, उसमें त्रुटि न होगी।

पंडितजी – (विनीत भाव से) नदी तट पर आपने मेरी प्रार्थना नहीं स्वीकार की थी, किंतु आज स्वीकार करनी पड़ेगी।

वंशीधर – (हाथ जोड़कर) मैं आपका दास हूँ। जो आज्ञा होगी वह मेरे सिर-माथे पर।

[पंडित अलोपीदीन ने एक स्टाम्प लगा हुआ पत्र निकाला और उसे वंशीधर के सामने रख दिया।]

पंडितजी – इस पद को स्वीकार कीजिए और अपने हस्ताक्षर कर दीजिए। मैं ब्राह्मण हूँ, जब तक यह सवाल पूरा न कीजिएगा, द्वार से न हटूँगा।

[मुंशी वंशीधर ने उस काग़ज़ को पढ़ा तो कृतज्ञता से आँखों में आँसू भर आए। पंडित अलोपीदीन ने उनको अपनी सारी जायदाद का स्थायी मैनेजर नियत किया था।]

पंडितजी – दारोगा जी, इस पद के लिए मैं आपको छह हज़ार वार्षिक वेतन के अतिरिक्त रोजाना ख़र्च अलग, सवारी के लिए घोड़ा, रहने को बंगला, नौकर-चाकर मुफ्त, बस इतना ही दे पाऊँगा।

वंशीधर – (कम्पित स्वर) पंडितजी मुझमें इतनी सामर्थ्य नहीं है कि आपकी उदारता की प्रशंसा कर सकूँ! किंतु ऐसे उच्च पद के योग्य नहीं हूँ।

पंडितजी – (हँसकर) मुझे इस समय एक अयोग्य मनुष्य की ही ज़रुरत है।

वंशीधर – (गंभीर भाव से) यों मैं आपका दास हूँ। आप जैसे कीर्तिवान, सज्जन पुरुष की सेवा करना मेरे लिए सौभाग्य की बात है। किंतु मुझमें न विद्या है, न बुद्धि, न वह स्वभाव जो इन त्रुटियों की पूर्ति कर देता है। ऐसे महान कार्य के लिए एक बड़े मर्मज्ञ अनुभवी मनुष्य की ज़रुरत है।

पंडितजी – न मुझे विद्वत्ता की चाह है, न अनुभव की, न मर्मज्ञता की, न कार्यकुशलता की। इन गुणों के महत्त्व को ख़ूब पा चुका हूँ। अब सौभाग्य और सुअवसर ने मुझे वह मोती दे दिया जिसके सामने योग्यता और विद्वत्ता की चमक फीकी पड़ जाती है।

[वंशीधर की माँ भी वहाँ आ जाती है।]

वंशीधर – पंडितजी, आप मुझे दुविधा में मत डालिए, मैं आपके योग्य नहीं हूँ।

पिता – वंशी, तूने आजतक मेरी कोई बात नहीं मानी। मैंने भी तुझे हमेशा गलत राह पर चलने की शिक्षा दी। मैं भी अपने

किये पर शर्मिंदा हूँ। लेकिन बेटा, आज तेरे सिद्धांत, और तेरी ईमानदारी की वजह से ही पंडितजी तुझे इतना ऊँचा पद सौंपना चाहते हैं। ऐसा भाग हर किसी का नहीं होता है।

माँ – बेटा, पंडितजी के विनय को अस्वीकार मत करो। जिस तरह घूसखोरी अधर्म है उसी तरह अपने द्वार से ब्राह्मण को खाली हाथ लौटाना भी अधर्म है।

[पंडित अलोपीदीन ने कलमदान से कलम निकाली और उसे वंशीधर के हाथ में दे दिया।]

पंडितजी – यह कलम लीजिए, अधिक सोच-विचार न कीजिए, दस्तख़त कर दीजिए। परमात्मा से यही प्रार्थना है कि वह आपको सदैव वही नदी के किनारे वाला, बेमुरौवत, उद्दंड, कठोर परंतु धर्मनिष्ठ दारोगा बनाए रखे।

[वंशीधर की आँखें डबडबा जाती हैं। हृदय के संकुचित पात्र में इतना एहसान न समा सका। एक बार फिर पंडितजी की ओर भक्ति और श्रद्धा की दृष्टि से देखा और कांपते हुए हाथ से मैनेजरी के काग़ज़ पर हस्ताक्षर कर देता है। पंडित अलोपीदीन प्रफुल्लित होकर वंशीधर को गले से लगा लेते हैं। वंशीधर के माता-पिता की आँखों से झर-झर आँसू बहने लगते हैं।]

[मंच पर अँधेरा हो जाता है और मंच का पर्दा गिर जाता है।]

[समाप्त]

❑❑❑

रिंकल शर्मा

सचिव, ह्यूमन राइट्स कौंसिल ऑफ़ इंडिया
अंतरराष्ट्रीय सचिव, इंटरनेशनल कॉउन्सिल फॉर न्यूज़पेपर एंड जर्नलिस्ट

ई-मेल : rinkalsharma@gmail.com

शिक्षा : एम. ए. (हिंदी)-दिल्ली विश्वविद्यालय, फ्रेंच भाषा में एडवांस डिप्लोमा-भारतीय विद्या भवन, दिल्ली।

लेखन अनुभव: कहानी-संग्रह, काव्य-संग्रह, बाल-साहित्य, बाल-कॉमिक्स, पत्रकारिता पुस्तकें, सेल्फ-हेल्प पुस्तकें इत्यादि प्रकाशित एवं समाचार-पत्र, पत्रिकाओं जैसे-अमर उजाला, गृहलक्ष्मी, प्रबल-प्रहरी, वर्ल्ड-मिरर, एंटी-क्राइम इत्यादि में कहानी, कविता एवं आलेख प्रकाशित।

संपादकीय : हिंदी पत्रिका-प्रबल प्रहरी, हिंदी साप्ताहिक-एंटी क्राइम, अंग्रेज़ी वर्ल्ड मिरर एवं हिंदी साप्ताहिक विलेज पोस्ट।

सम्मान : 'कियान कथा सम्मान', 'मुंशी प्रेमचंद साहित्य सम्मान-2021', 'स्वामी विवेकानन्द युवा सम्मान-2021', 'महादेवी वर्मा सम्मान-2020', 'हिंदी गौरव सम्मान-2020', 'हिंदी भाषा सारथी सम्मान-2019', कला एवं रंगमंच के 'उत्कृष्ट अभिनय सम्मान' इत्यादि।

रंगमंच की दुनिया में सक्रियता : 20 से अधिक शॉर्ट फिल्म, वेब सीरीज़ एवं प्रख्यात नाटकों जैसे-'ताज महल का टेंडर', 'बड़े आदमी', 'ऑल इडियट्स', 'जय

हिन्द', 'दीवानगी', 'जीवन की गोधूलि', 'डार्कनेस ऑफ कलर' इत्यादि के लिए लेखन, अभिनय प्रदर्शन एवं सहमंचन। विविध भारती में प्रेमचंद, स्वामी विवेकानंद तथा शरतचंद्र चटर्जी आदि लेखकों के नाटकों की प्रस्तुति। दूरदर्शन के नाट्योत्सव में नाटक 'बगिया बांछाराम की' का सह-मंचन तथा 'साईं की बात, आपके साथ' में सह-निर्देशक एवं पटकथा-लेखन। टी.वी. चैनल के लिए विज्ञापन लेखन, टी.वी. न्यूज़ चैनल जैसे–सुदर्शन एवं न्यूज़ 18 इत्यादि में वक्ता, भारतीय विद्या भवन के लिए फ्रेंच नाटक का निर्देशन, यू-ट्यूब चैनल 'आदि एंड फ्रेंड्स' के लिए बाल कथाओं एवं कविताओं का लेखन।

प्रेमचंद
मंच पर
बूढ़ी काकी, सवा सेर गेहूँ,
ईदगाह और समस्या का नाट्य रूपांतरण
रिंकल शर्मा

प्रेमचंद
मंच पर
बड़े भाईसाहब, दो बैलों की कथा,
बेटी का धन और नमक का दारोगा का नाट्य रूपांतरण
रिंकल शर्मा

प्रेमचंद
मंच पर
पंच-परमेश्वर, नादान दोस्त,
गुल्ली-डंडा और कज़ाकी का नाट्य रूपांतरण
रिंकल शर्मा

नोट्स

नोट्स

प्रभाकर प्रकाशन द्वारा प्रकाशित पुस्तकें

sales@pharosbooks.in 011-40395855 www.prabhakarprakashan.com

प्रभाकर प्रकाशन, प्लॉट नं.-55, मेन मदर डेयरी रोड, पांडव नगर, ईस्ट दिल्ली-110092

www.ingramcontent.com/pod-product-compliance
Ingram Content Group UK Ltd.
Pitfield, Milton Keynes, MK11 3LW, UK
UKHW042131021026
15589UKWH00003B/753

9 789356 821590